LE TRIPODE
Littératures ■ Arts ■ Ovnis

LE CHIEN DES ÉTOILES

ILLUSTRATION DE COUVERTURE
Amandine Bourbon-Toulan

Dimitri Rouchon-Borie

LE CHIEN DES ÉTOILES

LE TRIPODE

Comme on se retrouve

1

— Regardez-moi cette gueule de crasse qu'est de retour !

Le Père s'avance, son visage se fend d'un sourire. Il range son canif, jette le bout de bois qu'il était en train d'épointer, écarte les bras.

— Ça, c'est de la carne de mon sang, ça s'en va pas pour de bon à la première misère. Nom de nom mon fils, t'es beau comme si t'étais plus neuf qu'avant !

Il attrape Gio et le serre contre lui.

— Fais voir ton pansement, où c'est qu'ils t'ont esquinté, qu'il dit, solennellement, en prenant du recul.

La Mère saisit le sac de Gio, lui tape sur la manche quatre fois, et tire dessus pour qu'il ramène sa joue à bonne hauteur. Gio ploie. Elle l'embrasse, ça fait un bruit sec et sans salive puis elle s'en va par le chemin qui remonte. Gio regarde. C'est bien le chemin qui remonte jusqu'à la cabane. La Mère y consacre de si petits pas.

Il revient au Père. Hoche la tête. Fait jaillir sa tignasse d'une casquette. Puis se penche sur le côté pour présenter le champ de bataille sous le bon angle : une longue cicatrice en creux, à l'arrière du crâne, un sillon, dans la chair meurtrie. À l'hosto, en soins intensifs, c'était le dossier *Sauvez-Gio-Belco*. Au commissariat de la ville d'à côté, l'affaire *Démerde-toi-avec-ça,* sur la pile du chef enquêteur. Et par ici, l'épisode *Dans-ton-cul-Émile* quand le gros Nino Belco, dit Bel du Saigneur, mettra la main sur le cousin qui avait planté le gamin en plein dans le crâne.

Pour l'instant, le Père Belco soulève ce qu'il faut de tare sur la balance pour échapper au poids du monde. C'est qu'il est ému, même s'il ne va pas s'en vanter. Il renâcle, crache par terre et commence son discours.

— Tu sais ce que c'est que ta famille, mon gars, et maintenant t'es aussi affranchi de ça : la trahison a pas de sang, pas de patrie.

Il fait un grand geste du bras pour tracer une frontière symbolique autour d'eux.

— Ici, c'est chez toi et t'as rien à craindre. On a remis à neuf le mobil-home, nom de Dieu !

Il regarde brièvement par-dessus son épaule.

— C'est bien vrai que ta mère aime pas quand je jure, à croire que j'ai moins à craindre du Seigneur que de ses oreilles à elle. Mon fils, on t'a fait un logis plus que correct. C'est pas bourgeois, mais c'est propre. De la came chinoise et de la récup, mais c'est sûr que ça fera l'affaire. Tes oncles ont aidé.

Une gamine ondule jusqu'au nuage des retrouvailles. Elle a mis des souliers roses et ses cheveux sont blonds. Elle est fière. Elle s'accroche au bras de Gio et elle minaude.

Nino s'énerve.

— Petite, t'en vas pas réchauffer comme ça un soldat qui rentre du front. Il a fait six mois d'hosto, il doit avoir les grenades dégoupillées. Fils, c'est comme de la famille, maintenant, cette gamine, même si on l'a récupérée par dette. C'est pas un cadeau, mais ça se refuse pas dans ces conditions. Et je vais te causer franc, faut pas trop t'y frotter, c'est que des emmerdes, je sais de quoi je parle.

Il s'énerve pour de bon.

— Allez dégage, maintenant ! Il te dira bonjour après, s'il y a jamais un bon jour qui revient.

La petite s'en va en pleurnichant.

— Et que ça couine ! Ça tient pas la dureté du destin, ces êtres-là. Mais mon fils, si t'avais pas accroché la vie comme tu l'as fait, je t'aurais emboîté le pas dans la tombe sans traîner, à coup sûr. Deux femmes, comme ça, c'est des maléfices en continu, à rendre fou et faible. Entre ta mère qui guette les mauvaises pensées, et la gosse qui t'en file une dose… crois-moi, c'est pas du vent, cette petite, elle a des prédispositions dans les hanches. Si elle vient au mobil-home, laisse la porte ouverte, tu t'enfermerais avec le diable que ce serait pas pire.

Gio regarde la môme s'éloigner, elle aussi à petits pas. Puis il se tourne vers le Père. Ses yeux renards. L'arc osseux d'un museau qui met à l'abri deux terriers dans la broussaille d'une moustache. Une trogne de goupil, sauvage comme il faut, vissée sur un gabarit de blaireau. Il est large, le Père, et fier, il pourrait retourner un champ rien qu'avec ses bras sans coudes. Il sent les bois et l'écorce en paillettes quand on fend les aulnes secs.

Alors que Gio, lui, il a l'air benêt. Il a pris un coup trop ferme, ça l'a fait reculer d'un cran dans la présence au monde.

Nino l'observe, compréhensif.

— Fiston, t'as pris un tournevis dans la caboche, ça peut pas faire du bon bricolage. Tout ce que t'as gagné c'est que ça t'a dévissé le ciboulot peut-être pour toujours. Ta mère veut pas y croire. Pour elle, t'es une sorte de miracle. Elle organise une messe demain. Laisse-la croire. Laisse-la espérer, mais toi, te trompe pas d'affaire. T'as des comptes à régler. Va te reposer. Demain, on va faucher ici et là pour dégager les alentours, ça te fera du bien de poser droit. Et ensuite on discutera de l'honneur et des représailles, et tout ce qui s'ensuit.

Le Père tourne les talons et file à ses affaires.

2

Gio plane un peu et s'en va trouver le mobil-home ; tout près, mais suffisamment à l'écart sur le terrain, adossé aux arbres qui font comme un début de forêt. L'accès a été proprement nettoyé. Il saute trois marches sciées dans de la planche de pin, et se stabilise d'un pas sur la petite terrasse. Il ouvre la porte ; un coup sec, elle tremble de partout et ça lui ramène le souvenir de ses guiboles en réa – ça oui elles avaient dansé ! Il entend encore la nurse brailler : tenez-le ! tenez-le ! Et lui, il baignait, l'esprit dans la fumée blanche, comme si une brume brûlante pouvait faire du coton pur. Une ouate merveilleuse. L'infirmière braillait, mais qu'elle ferme sa gueule, qu'il pensait. Tu commences à flotter vers le paradis, tu t'élèves doucement dans la mort, et voilà qu'un cri te recolle du poids au cul. Ça fait que tu retombes, au réel, et comme une merde, en loques, avec un trou dans le crâne. Forcément, on donne pas cher de ta peau. Et les nurses en blouse continuent à faire plus de bruit que les anges, à la frontière de la paix éternelle.

Gio pince la porte d'entrée du mobil-home entre le pouce et l'index, c'est à peine plus épais que du carton. Puis il vise autour pour situer la géographie de l'ensemble. Tout doit grincer aux vents de la colline, c'est sûr. C'est toujours comme ça à partir des premières feuilles qui tombent. Les vents commencent d'abord sans haine, en mugissements discrets, au ras du sol. Et ensuite c'est un boucan qui gonfle jusqu'aux nuages ; des jours, parfois des semaines. Il aimait ça, enfant, la bourrasque. L'odeur des poussières. Ça lui donnait l'impression que le monde pouvait valser, soufflé, emporté au loin.

Gio baisse la tête et entre. Sa mère a bien nettoyé la cuisine et le reste. Il y a même un petit coffre à victuailles. Il n'a pas faim, et puis, d'habitude, il n'a pas l'œil sur la propreté, mais là, ça lui fait quelque chose, qu'elle ait fait place nette. Il jette la casquette sur la table, laboure sa tignasse, phalanges fermes. Puis caresse la cicatrice. À l'hosto, on lui a dit que ce serait mieux qu'il se rase le crâne, puisque les cheveux repousseront pas autour, et donc ça serait plus joli qu'il soit tout rasé, pourquoi on devrait commander aux cheveux des autres.

Le mobil-home, c'est des cloisons blanches et des tapisseries avec des fleurs, et une chambre étroite avec un lit double. La Mère a mis un crucifix au-dessus du chevet, faut aimer être regardé quand on dort, pense Gio. Mais dormir c'est devenu autre chose pour lui. Depuis que la nurse l'a sorti de la fumée blanche, il n'a plus droit qu'à des cauchemars. Alors, il a maintenant la peur de fermer les yeux. Quand il relâche les paupières, ça lui remonte aussitôt, comme la nausée après une cuite au blanc, il en avait pris une pour ses quinze ans. Le Père lui avait dit qu'on est un adulte quand on découvre cette peine-là, quand on comprend qu'au bout du plaisir, il y a un tarif à encaisser. Enfin parfois. Et les mauvais rêves, c'est pire que la gueule de bois pour Gio, parce que c'est une malédiction qui ne s'explique pas. Dans le lit des soins, c'était une terreur qui lui coulait dans l'âme, un jus noir et visqueux, un pétrole au bord de la flamme prêt à le cramer tout entier.

Gio relève la tête. L'abat-jour est plein de taches minuscules, les mouches en ont fait leur paillasson à merde. Un petit chauffage, une table et deux chaises, une minuscule statue de la Vierge Noire. Gio s'en empare et la fait tourner dans ses doigts. Du plastique peint, une sorte de robe bleue et il y a du rose, mais c'est Elle ; elle l'inquiète un peu, et le rassure aussi. Il la glisse dans sa poche.

Un napperon. Sur le lit, des pantalons, et une chemise à carreaux. Un fusil à canon court, une boîte de cartouches. Il saisit l'arme. Il sait pourquoi on l'a mise là, et c'est pour demain. Il soupèse encore le fusil. Le soulève jusqu'à placer la mire sur la ligne d'horizon et il ajuste son regard. Il comprend à quoi servent la crosse et le double canon, et ils servent, dans cet instant précis, à ce qu'ils se trouvent, ensemble, alignés. Il enlève ses chaussures et s'allonge sur le lit, parce que c'est l'heure de la sieste. Enfin il s'endort, les yeux mi-clos.

3

Gio a dormi trop longtemps. Il émerge sonné, avale l'aigreur. Il lui faut après de la diplomatie pour tenir debout. Dehors, il fait nuit. Il se penche au-dessus de l'évier pour regarder par la fenêtre. La lune est au quart, à la pointe des arbres. Les cimes souples des pins s'agitent, bras de vieillards tendus vers un butin trop beau pour eux. Il sort, et le voilà où il voulait être.

À l'hôpital, piégé dans le lit aux draps serrés, il en rêvait, du dehors. C'était la seule façon d'oublier les cauchemars. La seule façon de faire silence. Dès que les nurses étaient barrées, les machines autour repartaient dans la jactance, avec ce bruit froid et continu qui était leur dialogue puant la morgue. Elles faisaient le commentaire de sa santé, chaque seconde, et il pariait qu'elles se payaient des pronostics sur celle d'après. Et puis la nuit lui avait fait signe, tout entière derrière le mur en carton-pâte de l'hosto. Il avait ouvert les yeux sur une poignée d'étoiles, à travers la fenêtre de la chambre. C'est par là qu'il fallait aller. Sa ligne de vie s'était remise à osciller, un coup dans l'être, un coup dans le néant, bon Dieu ! C'est pas tant qu'il avait le choix, mais il n'était pas trop sûr d'avoir envie de revenir.

Les nurses s'étaient inquiétées, elles avaient fait venir le Doc. Ça devait être lui, le type avec des binocles. Il louchait sur des feuilles, il donnait des ordres, après il mettait une main sur la cheville de Gio en lui demandant de s'accrocher à la vie, mon garçon. Gio, l'œil entrouvert, devinait à peine sa figure. Il ne pouvait pas lui expliquer que, de là où il était, se remettre à vivre, c'était signer pour la noirceur. Puis son regard s'était détourné de l'homme, pour aller chercher du répit, au plus loin. Derrière les rideaux tendus, derrière la fenêtre de la chambre, il n'avait trouvé que la nuit. Mais, peut-être parce que les ténèbres causent entre elles, il avait senti le souffle d'une aide. Une invitation. À prendre sa place.

Les jours d'après, il avait imaginé un fil pour le relier au ciel. Chaque soir, il vérifiait que le fil tenait, que les nurses ne l'avaient pas coupé avec les ciseaux à pansement, ou avec leur mauvaise humeur. Quand elles le laissaient tranquille, il y grimpait. C'était pas pour de vrai, pas pour de faux non plus. Un soir, après le départ de celle qui lui arrachait toujours le pansement, il était monté dessus, comme ça, par la pensée, c'était simple. Il avait marché un peu plus loin, un peu plus haut que d'habitude. Et il avait senti, soudain. La bise des hauteurs. Une force nouvelle qui l'avait cueilli. Il avait dit alors à la nuit : je te file mon nom, en échange tu me gardes près de toi, et c'est comme ça qu'il avait signé le pacte.

Sur la terrasse du mobil-home, rien n'a changé. Il a toujours cette envie d'aller aux étoiles par les courants d'air. Il ouvre les narines, ça lui ramène de la mousse et des champignons, de la sève aussi ; elle vient des résineux, c'est comme du miel en bouche. Il renifle.

Il remonte le chemin doucement vers la bicoque des parents. Il louche sur ses pieds et trouve qu'il fait de trop grands pas. Le sentier ne lui ramène aucun souvenir, et pourtant, la route est ancienne.

Le silence est plus dense autour de la baraque. Une construction en pin, avec un récupérateur d'eau de pluie, sur la droite, son bois bouffé par la mousse, sans doute pour dire le nord. Avant, il y avait un chien gris attaché là, mais peut-être qu'il est crevé. Gio le revoit encore s'allonger pour aller téter quelques gouttes d'eau sous le robinet.

Gio monte les marches et il pousse un œil par la fenêtre du salon. Il voit son père, allongé comme un roi déchu sur le canapé de velours vert, le pantalon qui pend sur ses guiboles, la tête renversée en arrière, son mât de misère dressé comme une fierté familiale, et, à côté, la petite lui fait des trucs avec la main. Gio se cogne le nez à la vitre parce qu'il veut mieux voir ça fait un petit bruit. La fille se tourne vers lui et le regarde. Elle sourit, continue de branler le Père. Le bonhomme s'agite et tente de lui attraper un sein, mais ce n'est pas facile, vu sa position, il faudrait qu'il ait les paumes à l'envers.

— Putain de nom d'une trique, qu'il gueule d'un coup.

La gamine hausse les épaules, sans s'arrêter. Au bout d'un moment, Gio voit le corps se cabrer. Il est concentré sur le visage de la fille. Elle lui fait soudain penser à l'autre nurse, celle qui ne ressentait rien. Elle avait parfois cette lueur dans le regard, quand elle venait lui changer le pansement, qu'elle savait qu'il allait passer un sale quart d'heure.

La fille se lève. Et disparaît. Le Père ne bouge pas. Peut-être qu'il s'endort. Gio ne sait pas où est la Mère. Il fait le tour de la cabane. Une fenêtre éclairée. Il se hisse sur la pointe des pieds pour accéder à un coin de carreau : la Mère est là, nue, elle aussi. Alors tout le monde est abonné à la nudité, s'interroge Gio. Elle tient une statuette dans une main et de l'autre, elle active des choses entre ses jambes. Gio n'est pas gêné, il sait qu'il vient de là. Il se demande s'il aimerait faire machine arrière. Entrer de nouveau par où on naît, et disparaître.

4

Gio rebrousse chemin, le sentier le ramène au mobil-home. Sur la rambarde de l'escalier, une chouette effraie s'est ramassée dans son plumage, parfaitement immobile. Gio le jurerait, ce plumage, il est fait de la même matière que la fumée crémeuse. Gio s'arrête à distance, par respect, et peut-être aussi, par étonnement. Il fait fonctionner ses narines pour capter les parfums. Puis il se rapproche un peu, il marche comme un Indien, il n'est plus un poids, mais un mouvement. Il essaie de s'absenter, comme elle. Immobile, mais pas aussi bien. Il s'approche encore. Il peut presque sentir la douceur des plumes. La force aussi de l'oiseau. Ses petits yeux noirs voient à travers l'ombre, et quand elle chasse, son vol fend l'obscurité. C'est un sabre couleur de lune, qui s'abat, sans bruit, sur la terre. Non, ce n'est pas d'un oiseau, cette beauté fatale et ce mystère.

Gio voudrait gagner, lui aussi, le pouvoir de percer la nuit.

— Je viens de guetter de sacrées choses.

La chouette tourne la tête et fixe sa posture vers l'homme qui lui parle. Un grand type avec l'air d'être tombé de haut.

— Petite reine, tente Gio.

Elle ne le quitte pas du regard. Il a l'impression que c'est intime, comme la main de la petite sur la fierté du Père. Et puis le rapace s'envole, sans bruit. Gio capte le mouvement de l'air, le flux de l'invisible. Voler, il comprend ça. Mieux que d'autres choses. Mieux que les petits pas de la Mère.

Il entre et file s'allonger. Il réfléchit. Et puis d'un coup, ça grince près de lui. Il y a quelqu'un qui marche. Il se redresse. Elle apparaît dans le cadre, c'est la gamine. Elle n'a qu'un t-shirt et une culotte. Elle ne parle pas. Elle vient s'asseoir près de lui et elle hausse les épaules. Gio essaie d'attraper son odeur, mais ça ne lui parle pas, est-ce qu'elle ne sentirait rien ? Il se renifle lui-même pour savoir s'il n'a pas perdu son pif. C'est bon, ça pue la mort.

La gamine pose sa main direct sur ses parties. Elle attend une réponse. Gio ne sait pas quoi faire. La chaleur de la main a provoqué un truc. Mais la nuit en a installé un autre plus fort encore.

— Je peux pas faire ça…

La gamine hausse les épaules. Elle lui dépose un baiser sur la joue, et s'en va l'air de rien. Gio entend la porte qui se referme. Les yeux clos, il sent l'appel. Alors, son esprit rejoint la chouette au-dehors.

5

Nino cogne à la porte, de bon matin. Le soleil n'a pas encore pris sa place, mais il gagne du terrain. La porte tient mal, Nino s'énerve.

— Qu'est-ce que c'est que cette fragilité de porte ! On peut même pas empêcher les mauvaises pensées de rentrer par là. Réveille-toi, bon Dieu, on a du labeur qui nous attend avant les réjouissances, pour réchauffer les muscles. Viens voir le matin comment qu'il est beau dehors, ça va te guérir mieux que les pastilles du docteur ou les ninibes des nurses.

Gio se lève, il se rappelle. Puis il ouvre un placard logé contre le lit. Attrape des pantalons solides et enfile la chemise à carreaux par-dessus un tricot. Elle lui plaît bien, la chemise, parce qu'elle fait une peau solide et elle est douce. Il sort et voit le Père en train de pisser contre un arbre.

— Viens ici, c'est ça la vraie vie des hommes libres : arroser où qu'on veut.

Gio va se soulager près du Père. Le reflet des premiers rayons du soleil dans l'arc au safran de l'urine. Le pur et l'impur : la terre accueille tout, mais l'or reste au ciel. Il remonte sa braguette. Le Père boit une gorgée de gnôle, son repas du matin, Gio s'en souvient. Le Père lui tend la flasque. Gio avale et tousse, alors le Père rigole.

— Sans doute que ça t'a sapé le tempérament. Tu sirotes comme une femme… Il n'y a pas de honte à être une femme, sauf quand on est un homme.

Et il acquiesce pour lui-même.

Le Père est en tricot. Il porte toujours autour du cou son drôle de pendentif, une amulette de poils de bêtes et de perles, c'est une sorcière qui avait fait ça pour lui. Gio avait essayé de le toucher une fois, et ça lui avait coûté un revers. Le Père s'était excusé, il avait dit que c'était pour le protéger plus que pour le punir, et qu'il ne pouvait pas laisser le petit toucher ça, parce que c'était chargé de mystères.

Les oncles arrivent, et aussi un enfant, qui est très loin de l'âge d'enlever une fille. Le môme a de beaux cheveux blonds, ils lui tombent sur la nuque. Les deux restent un instant à se reluquer, sans dire un mot.

Les oncles entourent Gio et lui tapent dans le dos. Les deux ancêtres, oui, ils sont ridés comme des terres brûlées, la peau teintée au brou de noix. Le premier c'est Bello, un surnom à cause de son sourire, qui pouvait faire pousser des fleurs à ce qu'on dit. Aujourd'hui, il aurait du mal à se plaire à lui-même, mais il lui reste quelque chose, comme une noblesse qui ne lui était pas due, mais qu'il a reçue quand même. Gio observe et voit les muscles, qui n'ont pas renoncé, tandis que la peau s'est relâchée. Bello, il ne faudrait pas qu'il croise la gamine, se dit Gio.

Le deuxième c'est Simone, personne ne sait d'où il vient il parle trop de langues en même temps. C'était un crotale agile, il aurait fait autrefois des coups de surin pour le compte de personnes importantes. Il est toujours un peu agité et peut-être qu'il est le plus vieux, et peut-être aussi qu'il peut encore mordre plus vite que l'éclair. Il est petit, et maigre comme un enfant privé de pain, on ne sait pas comment il peut porter autant de bagues à ses doigts.

Les deux oncles ont amené les faux. Ils les déchargent de leurs épaules. Simone en tire une près de lui, il a fixé une petite enclume au sol et il commence à marteler le fil de la lame. Une longue lame courbe. Gio est fasciné par la courbure de l'outil, si tranchant, comme un bras qui peut vous accueillir, vous enlacer une dernière fois, et si bien que ce ne serait pas grave, vous ne sentiriez rien. Le tintement du marteau agace les tympans d'aigus acérés, cela le sort de sa rêverie, et il écoute, en grimaçant, s'annoncer la guerre aux broussailles.

Le manche des faux a l'air aussi vieux que les oncles. Le bois a durci, il est prêt pour le combat. Il raconte des champs de fleurs, de hautes herbes, des vipères délogées dans les talus, des mulots dans leur trou, et parfois, des hordes de guêpes menant contre-attaque depuis le sol.

Simone tend l'une des faux à Gio.

— Tu prends celle-ci, faleminderit shume, i courbé bien per la forca tu dois pas trahir le movamento et punoni ngadalë.

Quand Simone parle, on ne comprend pas bien. Nino dit que son sabir est hanté par la voix de tous ceux dont il a pris la vie.

Les hommes commencent à faucher autour des arbres, pour agrandir la clairière jusqu'au mobil-home. Gio a pris le premier tour avec Simone. Le Père, Bello et le gamin les regardent. Au début, Gio est maladroit, puis il se cale sur le rythme du vieux. L'ancien est régulier comme un balancier de pendule dans une horloge droite. Il couche les herbes sans effort, et ça fait une coupe nette.

— À plat nëse mundeni tu dois pas muoversi vers le haut.

Et Gio imite, et ça commence à lui tirer sur les épaules.

— Tu dois détendu, relaks.

Gio se concentre sur le son de l'herbe fauchée par l'oncle. Un son sûr, qui met l'univers au pas. Il l'envoûte et libère les hanches, de sorte que les faux s'accordent. Maintenant, les deux hommes dansent presque dans le champ. La saveur du foin monte au nez de tous, et Gio, dans la certitude des gestes répétés, se sent gagné par une impression d'éternité.

Simone sort un mouchoir de sa poche et s'éponge un peu le front.

— Tu vazhdo travailler je vais remplacer il mio fratello à mos bej gje.

Il s'en va avec la faux sur l'épaule. Gio se souvient qu'on ne laisse jamais la faux au sol. Bello approche et le petit blond, à ses basques, fait des bonds sans discontinuer.

— C'est quoi ton nom ?

C'est l'oncle qui répond.

— Ce môme-là te parlera pas. Il est muet, qu'on dit, par contre il a ses oreilles pour lui. Enfin, nous on le dit, pas lui, vu qu'il parle pas. Il fait des signes, personne ne sait d'où il sort ça. Mais il est pas embêtant et on se débrouille pour se faire comprendre, pas vrai Papillon ?

— Il s'appelle Papillon ?

— Je sais foutre pas comment il s'appelle, mais quand on lui demande il fait ça avec ses mains.

Le vieux croise les paluches et fait comme des ailes qui volent. Le petit acquiesce.

— Et pourquoi ce serait pas Oiseau ?

— Écoute mon garçon, j'ai trouvé que Papillon c'était bien. On parle jamais des papillons, alors que les plumes ont déjà leur quart d'heure de gloire à chaque poésie de gadjo.

Si tu veux l'appeler quoi, Mésange ou ce que tu veux, c'est ton histoire, mais maintenant, il est habitué à ça, hein Papillon ?

Et le gamin fait voler ses mains.

— Il est petit, pour la faux.

— Il va pas faucher, il va regarder. D'abord on guette, puis on imite dans sa tête, et après on sait faire.

Gio regarde le Père qui trinque au loin dans sa direction, avec la gnôle dans la flasque.

Papillon ne quitte pas Gio du regard, et quand Gio se tourne vers lui, le petit se contente de hocher la tête d'un air entendu.

— Il vient d'où ce gosse ?

Gio relance la faux. L'oncle roule des épaules et commence son travail. Il parle sans s'essouffler.

— Papillon... C'est une histoire qui mériterait qu'on en parle à voix basse. C'est de la famille à la famille, alors on l'a adopté par ici et, au moins, il est pas tout seul, tout le jour, dans son épave, avec des fantômes qui traînent autour.

— Des fantômes ?

— Sa mère, Gio, sa mère.

Papillon fait le geste de se tirer une balle dans la tempe. Il serre les dents et acquiesce pour lui-même, puis saisit un volant imaginaire.

L'oncle s'arrête une minute.

— Tu m'en veux pas si j'affranchis Gio de toute l'histoire ?

Le petit fait non de la tête.

— Bon. Le môme est né dans la carrosserie d'une Ford. On s'en fiche que ce soit ça ou une Dodge, tu me diras, mais ça s'est fait de la sorte. Il a vécu là des années, à chier sur la banquette arrière, et à bouffer on ne sait quoi. La bagnole pourrissait à côté d'un ruisseau, entre rien et nulle part. La Mère, excuse-moi petit, avait foutu la merde entre deux familles parce qu'elle avait été violée par deux gosses du clan Cinni, et elle, sa famille, c'étaient pas des drôles... Bref, tout le monde cherchait tout le monde pour s'entretuer et des choses d'honneur, mais la fille, elle avait juste peur pour son ventre. Alors elle a filé toute seule dans les bois et elle a fait son nid dans la Ford. Elle a mis le petit au monde comme une grande, elle a coupé le cordon, si ça se trouve elle a chiqué dedans. Et elle a perdu du sang, elle était faible, elle a commencé à manger du rêve, je te dis ça pour m'expliquer l'affaire, mais de toute façon y'a pas d'histoire officielle. Il y avait l'enfant, et un clébard qui devait parfois lui faire la toilette. Un genre de dogue blanc, il l'avait suivi depuis le premier jour, l'instinct de ces bêtes ! Mais bon, c'est le mystère de la nature. Il s'est passé du temps puisque le gamin a grandi, et un jour la mère s'est fait sauter le caisson. Le chien a hurlé à la mort des jours durant, et à la fin des paysans ont trouvé la Ford et il a fallu abattre le dogue qui les laissait pas s'approcher du gosse. Un coup de fusil, net. L'enfant a pas pleuré, il a regardé les uns et les autres. Et l'histoire a fait le tour, elle est revenue aux clans, et on est allé chercher le petit.

— Pourquoi nous ?

— Fallait une famille neutre pour effacer l'histoire du viol et assurer la paix. On a pris le petit pour régler une dette. On s'en occupe comme s'il sortait d'un ventre de chez nous, hein Papillon ?

Le petit sourit. Une dent lui manque. Il s'approche de Gio, et désigne son crâne.

— Quoi ? fait Gio.

— Il veut la voir, tiens !

Alors Gio se penche. Il tourne la tête et le petit touche la ligne de vie et de mort. Il met sa main en pistolet contre sa tempe.

Gio secoue la tête.

— C'était pas une balle, gamin, c'était une tige de métal. Un tournevis à ce qu'il paraît.

Papillon mime un truc qui tourne et se met à faire plein de gestes avec les bras.

Gio répond du tac au tac.

— Nan, j'ai pas été attaqué par une boîte à outils, je t'expliquerai tout à l'heure à la pause. Maintenant, faut faucher Papillon, faut faucher.

Bello les observe et constate sans ciller.

— V'là que les deux amochés se comprennent, annonce l'oncle, quand tout le monde s'est rassemblé pour faire une pause et manger un peu de singe.

— Comment ça, qu'ils s'entendent ?

Nino se taille une large tranche de pain et désigne les gosses avec la tartine.

— Ces deux-là ?

— Oui, fait Bello, le grand a l'air de piger la mosaïque du petit.

Simone rigole.

Papillon désigne le ciel et fait des moulinets.

Nino interroge Gio.

— Et là, il dit quoi, le petit muet ?

— J'ai pas regardé.

— Ben redemande-lui donc.

Gio se tourne vers Papillon.

— Redis-moi ton truc ?

Le petit répète les moulinets.

— Il dit qu'on devrait se rentrer, il va pleuvoir.

Et les hommes se laissent surprendre par les premières gouttes.

6

Le rendez-vous était fixé à la fin du jour, et, en attendant, la pluie n'a pas cessé de tomber, comme s'il y avait déjà du sang à laver. Nino emmènerait les deux oncles, Gio et Papillon, il avait dit. Bello prendrait un canon court et le Père aussi, Simone sa lame fine, qu'il aura passée lentement au cuir.

Le moment venu, Papillon a attrapé une barre de fer, il voulait participer, et personne n'a rien trouvé à y redire ; il fallait bien que le môme rencontre sa propre violence un jour. L'enfant avait reniflé le métal et son odeur acide. Gio, lui, a pris le fusil dans le mobil-home. Nino avait dit que personne ne devrait tirer et que c'était juste pour donner le change et qu'en face, ils devaient déjà se chier dessus parce que Gio était revenu d'entre les morts. Simone avait hoché la tête et baragouiné des choses.

La rencontre, c'est dans un autre champ. Les hommes y vont à pied, parce qu'il y a eu une accalmie, comme par miracle. En face, les cousins sont déjà installés, ils ont des armes aussi et leur patriarche se tient devant les autres.

C'est Bill, tout le monde l'appelle comme ça parce qu'il a bâti sa réputation sur la fausse monnaie, mais Nino dit que c'est du travail dégueulasse et que ça peut tout juste tromper des paysans. Bill a un long manteau en cuir brossé et un bonnet de laine. Une barbe épaisse qui frise entre le brun et le gris et des yeux plus clairs que la pleine lune. Il renifle à cause d'une goutte au nez qui revient sans cesse.

— C'est des allergies, il commente, comme Gio lui mate le pif.

Gio hausse les épaules. Bello envoie une salve.

— Tu vas nous lire ton carnet de santé aussi bien ?

Le vieux se cambre. Gio pense alors au Père et à la petite. Mais c'est comme si l'ondulation du corps de Bill avait déclenché un truc. Il y a maintenant des choses qui tournoient dans le silence, et c'est pas la terre, ni le ciel, c'est la vie qui joue à la roulette sur un terrain vague. Et c'est pas non plus l'odeur de la pluie qui s'est remise à tomber doucement, et que Gio essaie d'oublier d'un battement de cils. C'est celle de la mort qui est revenue, et il sait, parce qu'il la connaît bien ; dans sa bouche ça fait le même goût que le pétrole de ses cauchemars. Ça le tire en arrière et ça l'affaiblit.

Papillon s'est rapproché de Gio, et il lui attrape la manche.

Bill désigne le môme.

— C'est pas une affaire pour les enfants, ça, faut manquer

d'éducation pour apporter un gamin à la guerre.

Papillon met sa main sur sa tempe et fait comme s'il tirait. Bill pâlit.

Nino prend la parole.

— Voilà venu le temps qu'on parlemente et qu'on fixe la dette. Vous avez ici le crédit d'une vie. Et si vous étiez pas des cousins, peut-être, mais je dis bien peut-être, qu'on vous aurait déjà brûlés vifs dans les grottes qui servent de maisons à vos manières préhistoriques. Regardez bien mon fils qui est revenu vivant de la mort où vous l'avez jeté. Regardez. La pluie qui nous tombe sur la gueule, c'est sa tristesse à lui, c'est la malédiction que vous lui avez glissée dans le crâne. Regarde Michal comme elle est grasse la pluie. Et toi, Tino, sniffe, nom de Dieu, sniffe si ça sent pas les enfers.

Les autres se taisent, tétanisés. Simone se gratte les ongles avec la pointe du couteau. Nino n'a pas fini de parler.

— Alors comment qu'on rachète ça, hein Bill ? Tu vas me filer un morceau de ton crâne ? Ou tes œuvres d'art pour les pécores ?

— Méfie-toi à pas aller trop vite dans l'insulte. L'affaire a tourné mal, mais le problème de départ est pas réglé.

— Mon fils, là, il a pris ta lame dans le crâne pendant un guet-apens qu'est pas la manœuvre des hommes, mais celle des bêtes et des lâches. Tout ça parce que tu en as après le neveu de la grand-mère de je ne sais plus qui, un gris pâle qu'aurait ramassé un sac de tes merdes qu'était pas à lui ?

— C'est quelque chose comme ça, Nino, tu sais bien qu'on fait pas ça, y'avait de la valeur, et de la valeur de travail en plus.

— Ce que je sais, c'est qu'on prouve, on prouve et on exige si c'est nécessaire. On fait pas des morts sur de l'imagination, et par le dos.

— On n'est pas de la police qu'enquête à la loupe, nous autres. On se passe pas les mains à la politesse avant de cogner, par chez nous. Ici, on flaire, et on attaque.

— Et on se rate, mon cousin, et on endure la vengeance et les représailles un jour de pluie. C'est que désolation tout ça...

Il y a un silence. Les gouttes claquent sur les épaules. La nuit tombe et ça met Gio dans un état second. Il sent revenir l'appel des chouettes et des ombres, les vols silencieux et les étoiles au-dessus des nuages. Il pince le fil imaginaire, et il se demande s'il peut s'enfuir par là. Mais voilà que Bill siffle entre ses doigts et ça fait de l'écume autour de ses bagues. D'autres gars à lui surgissent autour. Leurs yeux entre chien et loup.

Nino secoue la tête.

— Même un deuxième rendez-vous pour l'honneur, tu peux pas assurer ça ?

L'autre prend l'air bravache.

— Je peux pas laisser un fantôme effrayer mes gars. Je peux pas laisser la rumeur dire qu'on a épuisé la réussite. On va devoir prendre le dessus mon cousin, désolé.

— Par les morts qui se tiennent la main dans ta famille et la mienne, tu viens de pisser sur tous ceux qui ont vécu droit avant nous. On n'a plus qu'à ramper comme des lavettes dans le caniveau du clan. Tu nous déshonores pour de bon.

— Oh, et qu'est-ce que tu vas bien pouvoir me faire en conséquence ?

Gio voit la chouette effraie. La tache blanche, en arrière-plan. Il laisse tomber le fusil. Et il fait un pas vers elle, tête en l'air. Qu'est-ce qu'elle vient lui dire, où est-elle passée ? Peut-être a-t-il rêvé ? Quand il se retourne, Papillon a ramassé le fusil. Il avance vers Bill qui se fend la poire d'un sourire en serpe, se penche vers le môme, en mimant la bosse, et lui tend une main en sébile, avant de lui servir de la flatterie de comédien.

— Eh ben mon garçon, t'es bien mignon de me faire l'aumône d'un bel outil pour mon ménage.

Et Papillon fait feu.

Gio a juste le temps d'attraper le gamin par la peau du cul et il le jette sur son dos comme il l'avait vu faire pour les sacs de plâtre. Le gosse ne pèse rien, alors il s'élance. Nino lui chope le bras à la volée, l'arrête net, et ils se tassent pour éviter les traits qui jaillissent dans le crépuscule. Le Père l'agrippe dans les yeux et laisse dire par les pupilles ce que la langue irait tremper de maladresse. Puis il hache ses mots.

— File à la cabane. Il doit déjà y avoir du dégât ou je connais pas ces misérables. Et mettez-vous à l'abri. Où qu'il faudra. On se reverra quelque part, ou en enfer. Bel du Saigneur est de retour.

Gio se fond dans le chaos. Il enjambe la carcasse de Bill, son visage déchiré par la plomberie. Y'aura pas un faussaire pour lui refaire bonne mine, mais c'en est fini des allergies, pense Gio. Papillon a tiré en pleine tête. Ça a fait comme un feu d'artifice avec la chair et le sang, l'arme a sauté des mains du gosse, et le champ s'est comme gelé d'un coup. Les cousins ont commencé à hurler et à fusiller la nuit dans tous les sens, ils sont trop nombreux.

Sur l'épaule de Gio, Papillon joue à dégommer les silhouettes qui s'approchent. Ils tombent sur un type qui veut leur barrer la route, avec son gourdin hérissé de clous, Gio lui envoie le tranchant de la main en pleine gorge, ça fait un craquement et l'autre se recroqueville et râle. Gio voit Bello tomber, plus loin. Simone, lui, est presque invisible, mais le crotale jaillit par instants, et sa lame fait un éclair bref, mortel, avant de redisparaître. Il n'aperçoit plus le Père. Tout ça c'était couru d'avance, ça pouvait pas fonctionner. On peut pas revenir de la mort. Maintenant, il glisse dans la nuit avec un môme sur le dos, il court parmi les loups, gueules béantes, prêts à arracher les chairs.

Comme on s'échappe

1

Sur le sentier qui remonte, Gio laisse parler l'instinct et ça entame son comportement et il se met à grogner comme un animal. Il y a dans l'air des signes qu'il voudrait refuser, parce que la prophétie du monde, en cet instant, est une langue de malheur. Et puis ils arrivent à la cabane, elle a déjà disparu, les signes n'ont plus rien à dire que cela : les cousins sont passés tout vouer aux flammes. Il ne reste plus que des vestiges de charbon, des poutres noircies qui se consument encore. Gio libère l'enfant. Papillon glisse sur le sol et se relève. Il attrape la main du grand. L'odeur bouffe tout l'espace, ça sent la suie et autre chose aussi qui prend à l'estomac. Un voile de chaleur empêche de s'approcher trop près. Mais de là où ils sont, ils guettent tous les deux la même chose. Au centre, il y a une silhouette, ça ressemble à une poterie goudronnée. Un corps recroquevillé, mais le bras tendu, la main enserrant un crucifix métallique qui n'a pas cédé aux flammes, et qui brille encore comme par défi. La Mère est morte avec Dieu.

Gio s'éloigne avec le gamin, jusque dans le pré. L'humidité de la nuit fait remonter plus fort le parfum de l'herbe fraîchement sacrifiée. Il fait soudain un pas à l'écart de Papillon et, les pieds sur le dessin des tiges coupées, regarde vers le ciel, en implorant un message. Les nuages laissent paraître un morceau de lune. Mais Gio est distrait par du remue-ménage dans son dos, et voilà la gamine qui surgit, ondule jusqu'à se coller à lui. Le contact dérange quelque chose dans sa poche. Il y plonge la main : c'est la statuette de la Vierge Noire. Il la sort et la contemple, sous le lumignon lunaire. Elle a cet air imperturbable, à la fois féroce et tendre. Il l'embrasse et la remet dans sa poche. Doucement. Passe un bras autour de la môme. Et ça afflue soudain en lui. La solitude immense, et en même temps, la chaleur de Papillon et de la fille.

2

Ils ont ramassé quelques affaires dans un baluchon et sont partis, avec les yeux dans le dos à cause des autres sur leur trace. La guerre doit s'achever sur la mort du fantôme, c'est ce que Gio comprend.

Ils longent la forêt, par un vieux sentier de traque. Gio hume l'odeur de résine et de miel, peut-être qu'il y a aussi le raisin d'ours et son acidité douce, avec les bruyères et les fougères qui donnent l'impression d'avoir été taillées au couteau. Personne ne parle. On n'entend que les souffles courts. Gio suit l'instinct, comme s'il savait où aller, alors que non. Il se demande où est le Père, s'il est cané ; c'est bien possible. Simone, lui, n'est pas du genre à crever sur le champ de bataille. Bello est tombé. Il revoit Bill et son crâne explosé et se tourne vers Papillon. Le gamin lui sourit. Et la fille ? Quand il capte son regard, elle hoche la tête.

Le chemin bute soudain sur une voie de chemin de fer. Plus loin, un cabanon délabré.

— Venez, on va s'y poser pour réfléchir à l'abri.

C'est au moment où le train passe que Gio prend la décision. Un vieux train de marchandises qui s'étire jusqu'à l'infini. Ils courent et courent et Gio soulève la gamine et la jette dans le premier wagon ouvert et il balance Papillon aussi et il souffle et il court plus vite encore. Il s'accroche à son tour à un relief sur la paroi et se tend vers les mômes, qui essaient de l'aider. Gio est si lourd, l'effort fait vibrer la cicatrice, il faudrait pas que ça lâche maintenant.

Il se hisse enfin à l'intérieur. Tous les trois se regardent, ils ne font pas de commentaires, ça ne servirait à rien.

Ils s'assoient au bord, les jambes dans le vide, ils soufflent et regardent le paysage. Papillon pique parfois l'air d'un soulier, puis de l'autre, quand surgissent une herbe ou un branchage qu'il espère atteindre.

Et puis le rail les ramène dans le giron des poursuivants. Trois types que Gio ne connaît pas, accoudés par fatigue ou nonchalance à la barrière d'un passage à niveau. L'un d'eux les montre du doigt, comme étonné de l'aubaine. Il s'agite et saisit son fusil à canons superposés et les ajuste dans la mire, mais un autre baisse l'arme avec autorité. Il fait le signe de trancher la gorge. Le troisième grimace et mime la copulation. La sanction est différée, mais pas oubliée. Gio ne réagit pas. La gamine tremble. Et Papillon les flingue de loin avec sa main en pistolet.

Gio s'allonge au milieu du wagon. Le toit est opaque. Le soleil fait de drôles de zébrures à travers les parois, qui sont pleines de failles. Il n'y a rien ici qu'un peu de poussière et deux caisses vides au fond.

— On va dormir un peu, pour qui veut, dit Gio.

Et il sombre dans les cauchemars, tandis que la gamine vient se lover contre lui.

3

Gio se réveille en pleine nuit. Par l'ouverture du wagon, la fraîcheur est forte, on croirait l'automne. Le gel a pris le ciel en otage et dégagé les nuages. C'est comme s'il fallait la force des glaces pour figer la beauté dans les hauteurs. Les étoiles sont nettes comme jamais et Gio se laisse porter jusqu'à elles. Il a encore peur de chuter, quand il voyage ainsi, peur de ne plus se souvenir de la bonne façon de tenir son envol. Et s'il retombait dans les abîmes, ce serait sa fin.

Papillon vient se glisser près de lui. Gio lui montre le ciel. Papillon acquiesce et enchaîne les moulinets.

— Non je ne connais pas les constellations et les grandes ourses. Mais tu peux t'amuser à trouver les formes que tu veux, personne n'ira te chercher des noises. Moi, je suis pas dans la science, je dois juste le rejoindre, le ciel. Je dois y aller Papillon, et pour tout te dire, parfois, j'y vais.

Papillon lui tapote le bras, parce qu'il sait ce que ces voyages coûtent. Il trace la forme d'un rectangle avec l'index, et y plonge le doigt.

— Oui, toi aussi tu as tes secrets. Un jour, on en parlera, pour sûr.

4

Le lendemain, le ciel est maussade et pendant des heures il ne se passe rien. Gio et les deux autres laissent s'effilocher le temps en rêvassant. Subitement une main saisit le rebord du wagon. Ils entendent des jurons, Gio se lève, prêt à frapper au cas où ce serait l'un des cousins. Mais ce n'est qu'un vagabond. Il se hisse à l'intérieur et, dans l'effort, fait le tour des propos obscènes. Sa posture au bord du vide et sa vêture étrange lui font une forme incongrue. C'est bien un homme, avec des jeans dégoûtants et une veste militaire usée, un chapeau de nylon étanche qui ressemble à ce que portent les pêcheurs de carpe, Gio en avait aperçus plusieurs fois dans son enfance, près de la cabane. Le Père se plaisait à les faire fuir en tirant en l'air, et parfois aussi dans leur direction.

L'homme bondit en les découvrant, il les dévisage et glapit.

— Oh, mais bonté divine ! Qu'est-ce que c'est que cette

cohorte, un grand type et, c'est quoi cette poupée, ça peut pas être ta femme et ton fils, vous m'avez l'air un peu jeunes pour avoir déjà produit un engin pareil.

Il lorgne Papillon qui lui rend des yeux guerriers. Le vagabond fait le type qui se rend les mains en l'air.

— Oh là ! Va pas me flinguer des pupilles quand on parlemente, gamin, ce serait contraire aux us. Messieurs-dames, je me permets de vous demander l'hospitalité dans votre chez-vous le temps d'aller où va ce train. D'ailleurs où c'est qu'il va, le train ? Si vous aviez l'obligeance de m'affranchir…

La gamine hausse les épaules.

— Regardez-moi ce joli bout de môme que c'est !

Il siffle et dégage des chicots pourris. Il a la lèvre pourpre sous un duvet brun, ça lui colle aux bajoues et sur les pommettes, et ça repousse les yeux dans des creux et des plis. Il ne reste de son regard qu'une lueur en deçà d'épais sourcils et du camouflage d'un chapeau à duper les carpes.

Il siffle encore.

— Sans vous manquer de respect bien sûr, monsieur, mais ça fait longtemps que j'ai pas avisé un lot pareil, regardez-moi ces pêches qui sont prêtes à la cueillette, nom d'un cosaque !

La gamine se cambre et louche sur ses propres seins et elle semble satisfaite. Gio et Papillon la regardent faire, se tournent vers le vagabond, et Papillon tranche l'air avec des gestes nets.

— Qu'est-ce qu'il dit le joli sauvageon ? s'enquiert le vagabond.

Gio tousse dans sa main.

— Il dit que la gamine doit apprendre un peu l'exigence.

Le vagabond exagère sa vexation.

— On s'est à peine rencontrés que, déjà, vous me réservez l'opprobre. Mais comment qu'il arrive à faire des phrases pareilles avec sa gestuelle de macaque, là ?

— Je ne sais pas ce que ça veut dire, votre mot, mais faut pas insulter le petit.

— Quoi donc que tu comprends pas ?

— Votre truc sur l'eau propre.

Le vagabond s'esclaffe et il en crache autour.

— Mon garçon, tu n'iras pas loin sans un peu d'éducation.

Et il s'essuie la bouche d'un revers de manche. Puis compare sa réflexion à sa tenue pour nuancer l'effet de sa prestance.

— Dans une autre vie, j'ai eu un poste important dans une société, figure-toi. Je n'ai pas toujours été un coureur de trains. J'ai eu des responsabilités dans l'import-export de marchandises pour une succursale de... enfin bref.

Gio hausse les épaules à son tour, puis pose les règles.

— Je vous conseille de ne pas nous fréquenter de trop

près. On est poursuivis par la mort, on sait aussi l'offrir quand il faut.

Et il hoche la tête, content de sa parole.

Papillon applaudit, la fille vient se blottir contre lui.

Le vagabond crache par l'ouverture.

— Je vois qu'on est ligués dans la débâcle, mes enfants. Grand bien vous fasse, je vais quand même aller piquer un roupillon plus loin, si c'est pas trop offenser les diplomates de la faucheuse.

Il prend un drôle d'air sous ses collines et ses poils.

— Faudrait pas qu'il arrive malheur à si jolie poupée.

Le vagabond file se poser derrière la caisse qui traîne au fond du wagon. Il se met à siffloter des chansons de sa fantaisie, ça n'agace personne, parce qu'il faut peu de musique pour faire oublier même une guerre. Et le vagabond ne fait pas des airs si mauvais et peut-être que ce sont des mélodies à la mode, personne ne pourrait le dire.

Il ouvre son sac à dos et en sort une couverture pelucheuse qu'il étend sur le sol, il attire aussi de son barda un bout de pain et une ressemblance de jambon. Il fait jaillir la lame d'un couteau automatique. À ce moment-là, Gio voit une étincelle dans les yeux de Papillon et il sait dans l'instant que l'enfant veut la lame.

Gio observe le vagabond se tailler une tranche de pain et des morceaux de jambon. Le ventre de la fille se met à gargouiller, le vagabond comprend qu'il tient son avantage sur la troupe. Le voilà qui coasse maintenant un air de fortune.

— Vous m'avez pas demandé, et c'était cohérent avec votre accueil un peu timide, je dois dire. Mais moi c'est Blizzard. Blizzard, parce que je suis comme le vent qui fouette au cul pour y coller du givre. C'est pas que je gâche les fêtes de famille avec des propos pas convenables. Mais il m'arrive de laisser derrière moi une sorte de désolation, et ça explique pourquoi je cours le monde, au lieu d'être installé pour de bon, ici ou là. Vous vous demandez ce que je veux dire par désolation ? Eh bien je vous assure, les enfants, mieux vaut ne pas savoir.

Il croque dans sa tranche de pain et on devine qu'elle est dure, à moins qu'il ait les dents trop gâtées pour supporter un peu de fermeté dans une croûte et une mie qui auraient davantage que quelques jours depuis la main du boulanger. Le ventre de la gamine se met à fredonner des trucs. Le vagabond a de la réjouissance dans l'œil.

— Quand une fille comme toi a faim et qu'un homme comme moi a de la nourriture, y'a toujours moyen de s'arranger, tu sais. Suffirait qu'on goûte à l'une de ces jolies pêches pour faire un dessert à partager. Qu'en dis-tu ?

Il bâfre bouche ouverte et disperse des miettes sur sa barbe et la couverture. Il époussette les déchets, sa négligence fascine un peu Gio, mais pas Papillon, qui ne quitte pas le couteau des yeux. Gio se rend compte qu'il n'a pas d'arme et que, tout mendiant qu'est l'autre, ça fait du danger, surtout s'il s'intéresse de trop près à la gamine.

— Quel âge t'as donc ?

La gamine hausse les épaules.

— Quel âge qu'elle a ta princesse ?

Blizzard regarde Gio et Gio sent la cicatrice qui s'étire, ça fourmille à l'arrière du crâne. Il a des étoiles en tête qui commencent à faire des formes étranges.

— Je n'en sais rien.

Gio soudain se rend compte.

— Je sais même pas comment elle s'appelle.

Papillon se tourne vers lui et acquiesce. Blizzard est secoué d'un rire qui disperse encore un peu de la graine de pain. Il fait un geste vague de la main et retourne à son singe. Il jette encore des coups d'œil à la gamine, pour provoquer sa faim un peu plus.

5

Et puis la nuit est tombée. Gio ne sait pas si elle est son alliée cette fois-ci. Avec le crépuscule, un rideau bleuté et glacial a recouvert les champs. Gio en ressent la caresse jusque sous l'épaisse chemise. Il se dit qu'il vivrait mieux nu comme une bête, ainsi, chaque centimètre de peau vibrerait sous le froid sec, qui est la sincérité des choses. Ce froid qui raffermit le corps, vous met un peu en vigilance, et même, en lutte, en résistance, c'est la température des astres, là-haut. C'est ça qui vous arrive quand vous vous élevez dans le ciel, se dit encore Gio. Il voudrait tant y aller dans l'instant. Depuis le train il monterait, tranquille, et il verrait d'en haut le convoi qui file, il apercevrait la porte du wagon et Papillon qui se penche et fait semblant de perdre l'équilibre, et la gamine aussi. Mais il ne verrait pas le vagabond, qui se terre au fond.

Il sent que Blizzard, c'est pas une bonne nouvelle et que son attention doit être ferme. Mais plus il essaie de rester attentif et plus la cicatrice s'agite. Plus il s'efforce, plus le sommeil l'emporte. Ça lui fait une boue au-dedans qui l'éteint.

Une torpeur invincible. Le vagabond l'a deviné, et il s'en amuse.

— Alors on veut rester debout, mais c'est tout le corps qui t'emmène pioncer ? Faut pas lutter dans ces cas-là, crois-moi, un homme qui a besoin de repos doit se reposer !

Les médecins avaient dit à Gio que son histoire lui vaudrait de la fatigue. Et là, maintenant, il se cogne à cette fatalité, il sait qu'il sombre. Il se sent comme un môme, impuissant, et il s'endort en pleine guerre, alors que ça va démarrer et que le sang va couler. Parce que, il le sait, c'est ça qui va se passer.

6

Gio est réveillé par un bruit, pas exactement un son humain, plutôt un gargouillis et il se sent tellement lourd, encore, qu'il ne sait même pas comment ouvrir les yeux plus qu'un peu.

— Gio !

Il est secoué d'un coup par ce braillement, c'est lui qu'on appelle et c'est la voix de personne. Ça lui fouette l'instinct d'une drôle de manière, c'est pas une nurse, alors il émerge dans le monde comme un pantin sur ressort. Il se met sur pied dans le wagon, il lui faut juste encore un peu de temps pour fixer les pensées et ajuster le tableau sous ses yeux. Derrière le bac de bois il y a la fille, elle a une marque étrange sur le visage et son pull est déchiré, et c'est elle qui crie, merde voilà qu'elle sait causer. Elle répète *Gio, Gio* et maintenant, Gio entend parfaitement tout ça, et de l'autre côté, le vagabond n'est qu'une masse avachie d'où sort le bruit infâme et Papillon est sur lui et il tient le couteau dans ses petites mains. Papillon et ses cheveux en buisson, qui lui tombent sur la nuque. Du sang éclabousse ses bras, sa bouille de martyr, ses vêtements de peintre français. Il fait des gestes pour dire des choses et il plante la lame, encore et encore, mais sans hargne, comme pour voir ce que ça fait à cet endroit plutôt qu'à un autre. La gamine a des envies de vomir, mais rien ne sort de son ventre, alors elle va se rouler en boule dans un coin. Gio appelle Papillon. Le gamin se retourne et il n'a pas beaucoup d'expression, mais Gio ne sait pas s'il n'est pas en train de pleurer. Gio l'approche délicatement et lui ouvre ses bras, alors le petit essuie la lame sur le torse du vagabond, la replie et glisse le couteau dans sa poche. Il saute dans les bras de Gio et il colle son nez dans le cou du grand et il reste là. Gio comprend qu'il ne fera pas mieux.

Au bout d'un moment, Gio détache doucement Papillon de son affection et il le repose à l'autre bout du wagon.

Il s'approche du mendiant. C'est plus Blizzard, mais un souffle éteint, un homme percé de toutes parts, un corps vidé de son sang. Gio jette un œil à la fille, toujours en boule. Il fouille les poches du vagabond, il n'y a rien qui vaille. Puis il tire le gars par les pieds jusqu'au bord du wagon et il le laisse glisser en le tenant par un bras pour que les jambes soient aspirées par le train en marche et qu'il aille se faire découper sous les roues du voyage. Lorsque le bras lui échappe enfin il aperçoit l'éclair d'un œil noir sous la colline des pommettes et les poils qui masquaient quelque chose, et c'était la vie d'une personne.

Le vagabond disparaît et Gio fouille maintenant dans son sac, il reste un peu de pain et des couvertures, une gourde, des cartes et quelques objets imprécis. La mort fait un poids immense dans le wagon, plus encore que quand elle était venue pour lui. Gio s'approche doucement de la gamine et la prend elle aussi dans ses bras, on dirait qu'elle ne pèse rien.

Il l'assied au milieu du wagon et il va chercher Papillon qui commence à faire des gestes.

— Faut me raconter ce qui s'est passé.

Papillon taille l'air comme un sculpteur. Gio est abattu.

— Je sais, il fallait pas que je dorme, je vous demande pardon, c'est la cicatrice qui me fait ça.

La gamine lui frotte le dos pour le réconforter, mais elle semble prête à sauter du train à tout moment.

— Et je savais qu'il essaierait de s'en prendre aux pêches et Papillon tu es intervenu parce que je vous ai laissés seuls, je vous ai abandonnés, je ne vaux rien comme grand frère.

Le petit saute sur ses pieds et il lève le pouce pour balayer la détresse de Gio, et il raconte la bataille. Une marque rougeâtre sur la face lui fait une ombre dans le regard. Il mime le coup reçu et les chandelles et comment il s'est redressé sans faillir et il a répondu du tac au tac.

Gio se fait grave soudain.

— Papillon, tout ça, c'est trop de guerres d'un coup pour un seul petit homme.

Il a une idée qui lui paraît soudain évidente. Gio fouille dans sa poche.

— Tu auras besoin de ça, c'est une mère juste et peut-être qu'elle pourra te consoler.

Il tend à Papillon la Vierge Noire. Papillon est fasciné, il montre ses doigts sales d'un air dégoûté.

— Ne t'inquiète pas, elle peut laver bien plus que tes mains, assure Gio, je n'y connais rien, mais la Mère disait ça et elle y croyait.

Papillon attrape la statue en tremblant et il la tourne dans tous les sens avant de contempler son visage grave et sombre. Les yeux ont été dessinés, mais ils sont noirs aussi pour être mystérieux, ils ont cette intensité particulière qui fait qu'on se sent vu quand on la regarde. Papillon pleure et il fait comme s'il tirait sur sa tempe. Retrouver une mère lui provoque des incantations, au fond de la gorge, et il serre la statue contre lui et il va se cacher au fond du wagon, dans le plus sale recoin.

Gio se tourne vers la gamine. Il ne sait pas comment s'y prendre.

— Tout à l'heure, tu as parlé.

Elle hausse les épaules.

— Pourquoi tu ne parles jamais alors ?

Gio laisse passer un peu de temps. Puis il se penche vers elle, et il remet doucement une mèche de ses cheveux derrière son oreille. Elle tourne vers lui ses yeux d'eau. Elle se racle un peu la gorge, puis murmure, et ses premiers mots sont rauques.

— C'est pas à ma langue que le monde s'intéresse. Le monde, il s'en fiche de mon vocabulaire pour dire bonjour à Gio quand il revient de l'hôpital, le monde, il s'en tape d'entendre le reste il veut juste que je l'attrape par la queue et que je fasse le travail dans le silence parce que c'est mon destin, Gio, c'est le Père qui me l'a dit, de faire plaisir en la fermant.

La tristesse irradie d'un seul coup. Elle semble à la fois si petite et si fière, la gamine. Gio se dit que, peut-être, elle est aussi une chouette dans un plumage trop beau pour ne pas lui valoir des ennuis, loin du royaume juste de la nuit.

— C'est quoi ton nom ?

7

La gamine tourne sa face vers Gio. Elle est moins terrible que la Vierge, mais belle tout autant, et c'est une beauté qui vient de l'ancien temps. Gio veut croire que rien n'est fini, qu'on peut remettre un peu d'ordre dans cette vie.

— Dolores.

— Dolores ?

— Oui, je l'ai pas bien dit ?

— Dolores hein…

Gio la regarde. Il lui tend bêtement la main. Elle lui rend service en prenant la conversation à son compte.

— Moi je veux bien parler, mais je sais pas comment je vais dire les choses, Gio. Le vagabond avec ses yeux trop loin dans la tête je savais qu'il allait faire ça parce que c'est toujours pareil, pour moi. Et ça finit toujours avec des morts, des morts et des morts, et des trains qui s'arrêtent jamais, pourquoi il s'arrête pas ce train. On a des familles, et c'est pas terrible nos familles, faut avouer, puis d'un seul coup plus de famille, et finalement, c'est encore plus terrible, et là, maintenant, j'ai Gio et après peut-être plus. Il y a eu le vagabond et après plus de vagabond, que du sang, on est juste du sang ou des pêches et y'a jamais personne pour demander gentiment. C'est comme si personne s'est rendu compte qu'on n'a pas besoin d'arracher, de salir et moi j'aurais bien donné des choses, mais j'ai pas droit aux paroles, et encore j'ai réussi à sauver le bas Gio, mais ça n'a pas été facile, tu ne sais pas quelle guerre c'est, de sauver son cul, et pour ça tu sacrifies les pêches. Gio, les hommes, ils veulent tout prendre, comme si ça n'avait pas de prix, et ils s'en foutent si c'est des pommes ou des oignons ou je ne sais quoi, alors tu t'habitues à pas mettre de pensées, pour ce qui est sous le pull et pour sauver ta vie, Gio, tu t'en sors comme ça et tu essaies de te supporter comme ça. Mais ça marche pas et quand tu vois les gens crever, la seule chose que tu penses c'est que tu aimerais être à leur place pour plus rien avoir à gérer.

Gio se tait, la gamine reste contre lui. Il sent son odeur et c'est un parfum de fatigue, et autre chose, une odeur de lave sèche qui avait été une chaleur et aussi une douleur.

— Et pourquoi ce train il nous arrête pas quelque part où il ferait beau ? Les gens souriraient et on nous dirait juste bonjour vous venez d'où, venez vous reposer à l'ombre. Et on irait dans une belle maison qui sent la lavande, la lavande Gio, et on aurait une tarte, tu sais un gâteau plat avec des fruits, et tout le monde trouverait normal de manger une tarte, pas de brûler vive une femme qui prie dans une cabane, et les enfants ils joueraient avec des bâtons ou des poupées ils ne tueraient pas des vagabonds dans des trains qui ne vont nulle part.

Gio n'a pas de réponse à faire, il ne pensait pas qu'elle pouvait parler autant. Elle s'approche de lui et cherche son bras, le prend et le passe autour d'elle.

— Quel âge il a, Papillon ?

— Comment savoir, maintenant.

— Onze ans ?

— C'est un petit frère, et c'est tout.

— Et toi Gio, tu as quel âge ?

Gio pense aux astres. Il est peut-être un lourdaud de dix-neuf ans ou à peine plus. Il croit se souvenir avoir eu un colt pour ses dix-huit ans, et une chevalière, mais il ne l'a plus, elle a été perdue dans la bagarre où il a pris le mauvais coup.

— Peut-être vingt ans, bientôt, quand ce sera le mois d'août.

— Il est passé le mois d'août.

— Alors c'est vingt tout rond.

Elle pose sa tête contre son torse.

— Bon anniversaire, Gio. Moi j'ai seize ans et quatre-vingt-sept jours.

8

Le train s'engage dans une longue courbe. Ça les fait pencher, tous dans le même sens. Dolores fait une moue.

— Je compte les jours pour me souvenir précisément quand ça arrivera, quand ça basculera, quand j'aurai mon feu d'artifice, Gio. Peut-être ce jour-là il arrivera avec l'amour ou quelque chose comme ça tu sais, je sais pas bien lire mais j'ai vu des histoires dans un livre, c'est ta mère qui l'avait, et ça parlait de l'amour et des anges, qu'elle m'a dit, tu crois à ça toi ? J'attends le jour où la tempête va passer et elle balaiera tout, ce sera la fin des mauvaises pensées et je serai débarrassée de… de moi, peut-être bien que j'aimerais ça, être débarrassée de moi, putain je suis pas assez futée pour penser correctement à tout ça, mais je sais que ça peut se passer, un jour tu es tranquille, tu es vidé de toute la merde, j'y crois. C'est peut-être la mort, oui, ou c'est un prince ou c'est autre chose qui arrivera, et j'aurai un soleil et une langue et des pêches et rien ne sera de trop, et rien ne sera sale, et Papillon aura une belle coupe de cheveux et toi un costume avec un beau cheval.

Gio avale sa salive.

— Le Père avait des mauvaises pensées, le soir dans la cabane.

— Peut-être que moi aussi, tu sais.

— On peut pas savoir d'où ça nous vient.

— Moi j'ai quand même une petite idée.

— Laquelle ?

Elle soulève son pull d'un coup et Gio voit sa peau, alors il tourne la tête et met sa main en protection du visage.

La gamine a l'air déçue.

— C'était pour toi, qu'elle dit.

— Peut-être, souffle Gio, peut-être que c'est trop beau d'un seul coup. Moi je suis fait pour les étapes, pas pour le chemin direct.

Elle se concentre soudain.

— C'est de la malédiction, Gio. Les hommes, ils me haïssent, c'est dans leurs yeux, je vois bien, ils veulent me baiser et m'écrabouiller. Et les femmes, elles me détestent et elles se détestent entre elles, je le sais, et elles se trahissent pour des hommes. Hommes et femmes, c'est de la malédiction, pareil.

— La Mère, elle te détestait ?

— Elle me donnait des potions pour chasser le diable que j'avais entre les jambes, elle disait.

— Tu as le diable entre les jambes ?

— Moins que ton père, mais qui sait ?

Gio réfléchit.

— Ta famille, elle te manque ?

— J'ai pas de famille, Gio.

— Mais tu as eu un père un jour, et une mère ou ce genre de chose ?

— Quand j'ai eu un père il m'a dit que je ferais jamais rien de mieux que d'être un cul sur pattes, alors quand j'ai eu les seins qu'ont poussé, j'étais sûre d'avoir inventé quelque chose de nouveau et que ça suffirait à me donner un autre chemin.

— Et ensuite ?

— J'ai déclenché une première guerre.

Gio se lève et il met la gamine debout et il appelle Papillon qui réagit avec sa béatitude nouvelle, et il les attrape chacun par la main et il s'agenouille, tandis que les deux autres restent debout. Il contemple leurs visages et il y a cette voix de la nuit qui reste présente en lui et qui lui dit où voir, et ce qu'il voit, c'est la beauté de ces deux gamins, et le fait qu'il faut les protéger de tout, même quand il n'aura pas la force de le faire.

— Écoutez bien ce que je vais vous dire parce que dans l'instant c'est la nuit qui parle, pas moi, et c'est une voix pure, alors je serai pas capable de la refaire ensuite. Je suis Gio et j'ai perdu la moitié de moi dans une bagarre pour rien, mais je n'en veux à personne parce que grâce à ça j'ai fait l'hôpital et j'ai rencontré là-bas quelque chose que j'explique pas, mais ça se passe la nuit. Tu sais Dolores quand tu es venue je t'ai parlé des chouettes, bon, c'est comme ça, c'est mon univers maintenant. Et aujourd'hui j'ai vu comme vous êtes de leur famille vous aussi et je sais pas comment je vais faire ça, mais je vais devoir vous rendre à cette famille, qui est vraie, et qui trahit pas. Et je vais vous laver, chaque jour, pour sécher les larmes, et que plus personne ne gâche jamais cette beauté que vous êtes. Je sais pas comment on fait ça et la Vierge Noire va aider je suis sûr, mais dès aujourd'hui, vous êtes beaux et vous êtes purs pour toujours.

Gio va chercher la gourde de Blizzard. Il attrape un mouchoir dans sa poche et il verse l'eau dessus, et il commence à frotter, doucement, le visage de Dolores. Et elle ferme les yeux et Papillon attend son tour, son cadeau, cette caresse qui efface tout.

9

Le train s'est arrêté à l'aube, avec la longue plainte du convoi blessé par la morsure métallique du frein. Gio n'y croyait plus. Et peut-être que la grande faim qui commençait à les hanter et leur tordre l'estomac y était pour quelque chose. Gio a demandé à chacun de se tenir prêt parce qu'il faudrait sauter puis déguerpir fissa, au cas où il y aurait du monde à la descente et trop d'explications à donner, c'est jamais une aubaine.

Papillon le premier se lance, ses petits pas sur le sol. Gio ensuite, si lourd. Dolores enfin, qui atterrit sur le dos de Gio, et rigole en lui serrant le cou. Tous, ils tombent et roulent par terre, et au final c'est drôle quand même parce que ce n'était vraiment pas une cascade de professionnels. On n'est pas prêts pour le cirque, dit Gio.

Le train est long comme un fleuve, ça les laisse à distance de la gare, un haut bâtiment, qu'ils voient au-devant, malgré le nuage de poussières et de brume, et d'on ne sait quoi. Il y a un peu d'agitation, avec des ombres et des silhouettes, et des cris de gens qui s'alpaguent sans doute parce qu'ils ont des choses à se dire en rapport avec un autre train qui entre en gare. Et puis leurs wagons s'ébranlent à nouveau, comme d'anciens corps fatigués, et ça repart, doucement. Dolores, Gio et Papillon regardent le train s'éloigner et ils marchent le long des rails, parmi les herbes sèches et les déchets qui encombrent un grillage presque effondré. Papillon se met aux gestes d'un seul coup.

— Tu as raison, dit Gio, ce wagon nous a fait une maison, et c'est pas courant qu'une maison continue le voyage toute seule, mais celle-là oui.

Papillon salue le cul du train qui bringuebale un peu puis jette un regard vers la ville, la ville où ils s'engouffrent tête basse et qui les engloutit aussitôt. Elle leur semble si vaste, avec tant de gens qui vont et personne pour se soucier d'eux. Les voitures se frôlent sur des routes inachevées. Ça klaxonne et ça s'injurie et ça contourne des bicyclettes qui zigzaguent, et il en reste qui montent à cheval encore, et les bêtes sont en panique à cause du bruit et de l'agitation, alors ça fait du mouvement en plus. Gio se sent loin de la forêt maintenant et il sait qu'il n'est pas près de retrouver les champignons et les pins et l'odeur de la ville c'est du pétrole comme dans ses rêves et de la fumée et de l'affolement et il n'aime pas voir les chevaux en déroute avec leurs yeux fous. Ça sent partout la transpiration et l'empressement et les matériaux pauvres, du ciment monté trop frais, du bois trop jeune aux façades, rien qui vaille.

Dolores se presse contre Gio et Papillon marche devant on dirait un cow-boy solitaire de retour sur zone et qui s'en irait défier le shérif et tous les bandits d'un coup. Puis le petit fait cette chose, c'est qu'il attrape une pomme rouge et jaune sur un étal et il croque dedans, et un homme qui était là à guetter le client le voit, commence à ourler des insultes, et il fait le tour et chope Papillon par le col et le soulève d'un coup en lui crachant à la figure.

— Ça mon bonhomme, va falloir me la payer, la pomme, ou j'appelle la police, moi, je vais pas me laisser voler, qu'est-ce que tu crois, quel âge tu as, où sont tes parents ?

Et voilà qu'il secoue Papillon et ses cheveux sur la nuque font le balai en avant en arrière et le gosse avale de travers et se met à tousser et cracher des morceaux de fruit. Le marchand le laisse retomber, on lui tape sur l'épaule, il se retourne et se retrouve face à une chemise, il lève le nez et rencontre un géant à la mine austère, et c'est Gio.

— Faut pas secouer le petit, c'est moi qu'en prends soin.

Le marchand recouvre ses esprits.

— Faut pas... dis donc mon gars, ce qu'il faut pas, c'est voler son prochain, on te l'a pas appris ça ? Tu vas pas à l'église ou ce genre de choses ?

Gio fait non de la tête.

— Le gamin a pas ces notions-là. Il sait pas ce que c'est que les affaires des autres.

— Eh ben je suis pas là pour lui apprendre la vie moi, s'il veut un professeur, il va le trouver chez le juge.

Et le marchand fait demi-tour pour aller sonner les autorités, mais Gio sait que ça va être des ennuis s'il laisse faire et il réfléchit pas il attrape le type et le soulève comme un sac et il le jette sur les pommes. Ça fait du bazar et c'est encore pire car le marchand hurle à la mort et tout le monde commence à s'intéresser à la scène et Papillon qui n'est pas un bon à rien collectionne les fruits dans son pull et il fait un signe de tête et les trois partent en courant. Gio suit Papillon et Dolores, il n'est pas un sprinter, et il se rend compte qu'il n'a pas le gabarit d'un lévrier, mais qu'il peut soulever un marchand sans effort, ce n'est sans doute pas une information inutile. Au bout d'une rue, Papillon s'arrête et se colle les mains sur les genoux pour reprendre son souffle. Les pommes en tombent par terre. Dolores s'appuie sur un mur. Papillon se redresse et refait sa cueillette.

Une fenêtre s'ouvre d'un coup et une femme se met à brailler des choses. Elle jette un seau de flotte sale et ça tombe de haut et ça éclabousse leurs guiboles. Les trois s'en vont plus doucement, en longeant les maisons, par une ruelle qui serpente, les baraques ont des fleurs aux fenêtres. À force de marche, leur chemin fait venir un square avec des pavés et une fontaine au milieu, des arbres avec des feuilles rouges et des dames qui poussent des poussettes et qui les regardent le soupir au bord de la bouche, avec l'air de les plaindre autant que de les craindre. Papillon est à la fontaine et il commence à poser les pommes pour attraper de l'eau. Il se frotte les mains et la figure quand un uniforme arrive et tapote sur l'épaule de Gio avec sa matraque.

— Mon garçon ?

Gio remarque comme les épaulettes font un angle net sur les épaules solides du gaillard, ça brille d'insignes. Gio se souvient du Père, quand il avait affaire à la maréchaussée, et il prend la même bouille de politesse.

— Oui monsieur ?

— Est-ce que le gamin, là, il est à toi ?

Il désigne Papillon, dégoulinant d'eau et qui ressemble maintenant à un sauvage surgi d'une rivière. L'homme fait résonner sa matraque sur le granit de la fontaine.

Gio acquiesce. Le policier pointe alors le bâton dans sa direction.

— Dans ce cas je crois que, sans vouloir juger ta famille, tu n'es pas au bon endroit, mon garçon, sauf si vous préparez un mauvais coup.

— Non monsieur, pas de mauvais coup, on s'est juste égarés. On ne connaît pas la ville et on vient d'arriver alors on se demande un peu où qu'on est et comment faire pour trouver un logis quand on arrive comme ça et qu'on ne sait pas où aller.

— Les gens comme vous, ça ne va nulle part. Fiston, tu vois cet écusson-là ? C'est écrit que je sers pour l'honneur, la loi et l'intérêt commun. Alors rien que pour ça j'ai envie de te demander de prendre le gamin et la petite-là, de te les coller sous le bras et de filer loin, loin d'ici. Loin de la ville. Loin de moi, parce que, crois-moi, cette matraque-là peut te causer du tort. Mais je suis un père de famille, et j'ai, comme qui dirait, un peu de pitié pour vous à cause de ce que la vie a l'air de vous avoir réservé. Mon garçon, est-ce qu'il y a quelqu'un qui vous attend quelque part ?

Gio pense aux chouettes, mais il devine que le policier attend une autre réponse.

— Non monsieur, personne.

L'agent secoue la tête de dépit.

— Les nouveaux se rassemblent généralement dans le quartier Est. Derrière la gare. C'est pas là que je voudrais envoyer mes enfants, ni même les rejetons de mon pire ennemi, mais c'est comme ça. Si vous traînez encore par ici quand j'aurai fini de vous tourner le dos, je serai obligé de vous embarquer pour vagabondage.

Et le policier s'en va.

Comme on se pose

1

Gio remarque d'emblée que le quartier Est a poussé sans avenues, sans immeubles et commerces et il n'y a pas non plus de rues avec des noms de personnages et des anciens qui se promènent et des enfants avec des écoles et des confiseries, des épiceries ou des vitrines avec des vêtements de qualité. Ça commence bien par quelques bâtiments qui ont l'air d'avoir été maçonnés dans le respect du savoir-faire, mais ils cèdent brutalement le terrain à un campement à rebuter les architectes, un amas bordélique de cabanes, de huttes et de constructions improvisées que chacun a monté à sa façon, et qui annonce un territoire où l'on fait selon sa règle.

2

Les trois foulent la frontière au crépuscule, passent un premier bloc, puis un second. Gio croise le regard d'hommes au visage de cuir et aux yeux noirs. Leurs femmes portent des tenues colorées et elles ne parlent pas, elles font chauffer des huiles dans des marmites sous des feux de petit bois et elles y jettent des poignées d'épices et l'odeur n'est pas agréable, mais elle donne quand même faim. Les hommes avisent d'emblée Dolores, avant de détourner le regard par prudence, parce que la stature de Gio en impose un peu. Gio laisse alors la cicatrice vibrer et il sait que ça propage des choses autour, ça fait un avertissement sans mots pour ceux qui seraient tentés de venir renifler de près le parfum du revenant. S'ils se frottent à lui, c'est du malheur assuré. Alors autant qu'ils restent derrière les marmites aux odeurs qui font pleurer les ventres, et qu'ils les laissent en paix.

Ils longent une cahute nantie d'une lanterne rouge, une femme dépenaillée vient chercher des travailleurs qui s'alignent devant, Dolores en passant fait le geste de branler avec la main et hoche la tête. Les types la regardent et ils apprêtent d'autres rictus, mais Gio s'intercale et, sous le couvert de son ombre à lui, elle devient invisible.

Papillon ouvre la route, sans s'arrêter sur ces gens qu'il frôle, ils ont les pieds nus et des pantalons remontés au-dessus des genoux. Ils ont travaillé, mais où, se demande Gio. Et à quoi faire ? Ils portent des outils et des sacs de jute et ils parlent une langue différente, Gio ne distingue même pas le début de la fin des phrases.

Sur leur droite, une bagarre s'empare de quelques hommes, et en attire d'autres, qui regardent. La mêlée est furieuse et un gars doit avoir pris un coup de surin fatal, parce qu'il s'écroule net, au pied de la sentence. Ça en fait ricaner certains, ils lancent leur chapeau en l'air pendant que l'homme agonise.

Plus loin traîne une compagnie de chiens. Des bâtards, museau collé au sol, qui s'entrecroisent indéfiniment. Ils font des rondes agitées qui ne mènent à rien, comme s'ils ne reniflaient que du vide.

Juste après, une boutique a l'air mieux ficelée que les autres. Elle calfeutre l'entrée d'un coin du quartier ceinturé d'une palissade, et pour la franchir, il n'y a pas d'autre choix que d'aller par la boutique. Sur le seuil, un gaillard décide qui passe ou fait demi-tour. Papillon prend les devants sans réfléchir et il lance une pomme au gars, qui éclate d'un rire épais.

— Oh, c'est qui donc que ce charmant négociateur qui veut m'acheter le permis de passer avec une pomme ?

C'est un géant à sa manière, avec une barbe poivre et sel et un chapeau haut de forme un peu trop petit, il a des joues rondes et roses, et des yeux verts qui ricanent de part et d'autre d'un nez en patate, c'est pas un visage c'est un potager pense Gio. Il est posé sur un cou large et l'homme est presque trop fort pour la redingote qu'il a dégotée, mais ça lui donne tout de même de la prestance, et il a l'air plus costaud que deux Gio.

Il croque dans la pomme et prend une mine satisfaite.

— C'est un bon fruit, ça.

Papillon lève un pouce.

— Qu'est-ce que c'est que ce sauvage et...

Il s'interrompt et se met à siffler en voyant Dolores.

— C'est pas les pommes qu'il fallait me faire déguster bougre de gamin c'est plutôt ces deux pêches-là, excusez l'offense monseigneur.

Et il se lève pour venir faire face à Gio et il se plie dans une révérence. Une fois relevé il note que Gio le toise de quelques pouces alors il siffle encore.

— Qu'est-ce que c'est que ce géant mon garçon vous êtes

deux pour faire cette taille ou t'y es parvenu tout seul ? C'est ta mère qui doit être fière.

Gio murmure et serre les poings.

— La Mère est morte brûlée dans sa cabane avec Dieu dans la main. Et c'était comme hier. Alors croyez pas qu'il soit bon d'en parler trop légèrement.

Le gardien s'arrête net. Et il hoche la tête l'air entendu.

— Je vous demande bien pardon, mon garçon. Condoléances. Vous m'avez l'air d'être du voyage vous autres ?

— C'est juste.

— Ce serait impoli de savoir de quelle famille que vous êtes ?

— Ce serait pas impoli, mais ça rendrait pas service. On n'est d'aucune qui soit encore debout à l'heure actuelle. On ne sait pas où on est, pas plus d'où on vient.

— Vous êtes arrivés là comment ?

— On a pris le train, monsieur. On a grimpé dedans et il nous a crachés là.

— Tu sais pas où t'es ?

— Non.

— Et la gamine ?

— Elle, c'est moi, et le gamin pareil.

— Je comprends rien à tes histoires. Il te reste pas des oncles ou des tantes pour t'accueillir mieux que la misère d'ici ?

— Il reste rien que la mort, et tous les jours elle me souffle des flammes au cul.

— En quoi ici ça te différencie de l'ordinaire ?

Gio reste à scruter l'autre sans broncher. Puis il se sent l'envie de prendre la question au sérieux.

— Je crois bien que chez nous, la mort est plus féroce.

— Ici, on y va guère de main morte non plus.

Le gardien passe une pogne dans sa barbe, avant de se radoucir.

— Bon, là derrière, t'as l'enclos des voyageurs. On s'est mis à l'écart parce qu'on veut pas faire comme les autres, et surtout on veut pas de mélange avec les étrangers qui sont partout, ces faces de cuir ont des habitudes qui sont à eux.

Il s'arrête un instant, et plisse du nez.

— Comment tu sais que t'auras pas un ou deux bonshommes qui t'attendent à l'intérieur pour te parler du bon vieux temps, ou qui sont d'une famille qui s'entendait moyen avec la tienne ?

— Les ennuis voyagent pas si loin et surtout pas si vite.

— C'est pas faux.

Il réfléchit et se caresse la barbe encore. Ses yeux verts s'allument et il semble plus fort que jamais.

— Je vais vous laisser passer, mais y'a des règles. Ici t'as une chefferie, tu pourras pas poser ton baluchon de clochard avant d'avoir servi les politesses nécessaires. C'est pas des bras tendus pour la charité, t'as l'âge d'être mon petit frère, et je vais te dire que rien n'est offert qui ne se paye en espèces sonnantes. Alors te laisse pas berner par les solutions qu'ont l'air faciles ou par l'amitié qui s'acquiert vite. Ça se pourrait qu'avant demain matin tu sois obligé de monnayer des choses aussi simples que le droit de pisser ou de poser ton cul sur une chaise. Et je suis pas sûr que tu puisses garder longtemps les petites pêches de ta protégée pour toi tout seul. J'en connais qui pourraient te trancher la glotte en pleine nuit juste pour croquer un peu dedans.

Gio écoute et il laisse les mots tournoyer et s'abattre sur le sens. Il s'adresse au gardien.

— Laisse-nous une minute ou deux, on réunit nos affaires et on revient.

3

Gio entraîne Dolores et Papillon à l'écart, ils marchent à rebours du chemin. Papillon fait des bonds en direction d'un chien maigre et la bête couine et détale sans demander son reste. Dolores attrape la manche de Gio et l'arrête doucement.

— Qu'est-ce que tu fais, Gio, faut pas s'en aller, on va aller là-bas, dans le camp c'est là qu'on va !

Gio guette autour de lui, c'est presque désert là où, tout à l'heure, la bagarre avait rassemblé du monde. Le cadavre est toujours là et le chien, qui a fini de couiner, s'y affaire en connaisseur. Gio observe son manège autour de la mort et il soupire.

— Dolores, si on y va comme ça, tous les trois, ça ira pour moi et pour Papillon aussi, mais toi tu finiras dans la cabane avec la lanterne rouge ou dans le lit de la chefferie ou je ne sais quoi. On arrive ici on n'a pas de quoi se donner une pomme alors à chaque fois qu'on voudra négocier la moindre chose c'est toi qu'on regardera pour payer le prix.

— Je veux bien, Gio, si c'est pour toi.

— Mais non, s'emporte Gio, non c'est fini ça je t'interdis, est-ce que je ne t'ai pas lavé le visage ?

Il hésite.

— On va prendre les vêtements du mort, là, et tu vas les porter.

Elle ne répond pas.

— Tu vas prendre les habits de ce type il n'en a plus besoin tu vois bien et tu vas te déguiser avec.

4

Dolores n'a rien dit. Elle a déshabillé le mort, son pantalon gris, elle a tiré dessus, son pull aussi, elle lui a laissé un tricot et elle a entassé le reste, ses poches avaient déjà été faites. Le chien s'est éloigné, et il leur réserve maintenant des regards torves en leur tournant autour, à distance intéressée.

La nuit est tombée depuis longtemps et personne ne s'occupe d'eux, tous ceux qui passent regardent leurs pieds, comme s'il y avait moins d'emmerdes sur ses godasses que sous celles des autres. Dolores a enfilé le pantalon sans regarder le cadavre, et elle a fait un nœud avec une ficelle qu'ils avaient gardée du barda de Blizzard. Elle a glissé le pull par-dessus le sien et mis la veste opaque et puante, elle roule les yeux de dégoût. Gio pose sur sa tête un foulard pris au trimard et elle cache ses cheveux dedans et avec, en plus, un chapeau miteux, elle ressemble à un drôle de nain qui aurait pris du galon dans le crime.

Papillon se tord de rire, il lâche des sons gutturaux et il avance comme un daron en direction de Dolores, qui se met aussi à marcher comme un patron du monde obscur. Gio commence à rire et ils se défient dans des poses viriles avant de se tenir les mains tous les trois.

— On va devoir être comme des oiseaux prudents là-dedans.

Dolores hoche la tête.

5

Le gardien ouvre de grands yeux en apercevant le trio.

— Où est-ce que t'as laissé la mignonne qui t'accompagnait ? Tu l'as quand même pas vendue en échange de… qu'est-ce que c'est que ça ?

Et il se bouche le nez en montrant Dolores. Elle prend une grosse voix et demande :

— Qu'est-ce qui te convient pas dans ma dégaine ?

Il éclate de rire.

— T'as déguisé tes petites miches ? C'est vrai qu'on a moins envie d'y coller les lippes. Mais quand même, moi, je sais ce que tu caches.

Et il jette un œil à Gio.

Gio attrape une pomme et la lance au gaillard.

— Voilà pour ton silence, en attendant qu'on puisse trouver meilleure offrande. Parfois, mieux vaut une dette qu'un bon compte qui achève trop vite une histoire.

Le gardien acquiesce gravement.

— T'as peut-être bien de la ressource. Quand tu seras à l'intérieur, va vers la plus grande caravane. Il y a deux beaux chevaux devant. Et un type maigre comme une malédiction qui fume une pipe, Dieu sait ce qu'il met dedans. Il se pourrait qu'il te laisse entrer alors tu attendras que Micek vienne t'adresser la parole. C'est comme aller causer au destin, alors choisis bien ton verbe.

6

Ils passent la porte puis la première cabane et font quelques pas dans une immense cour avec des caravanes tout autour de la palissade. Personne dehors, et pas un bruit, comme si les gens d'ici payaient pour avoir le silence. Gio avise les chevaux et il est heureux de voir les bêtes. Il en entend d'autres, elles doivent être cachées derrière les baraquements.

Mais là ce sont de beaux chevaux, solides et brossés de frais. Ils sont dans un enclos qui annonce leur valeur, et c'est d'être bien plus que des animaux, des compagnons pour le voyage. Gio se souvient qu'il avait découvert les chevaux avec Bello et l'oncle lui avait montré comment leur parler et comment se taire quand il fallait, et les approcher de la bonne façon. Il lui avait dit que dans la famille ils avaient le don avec la cavalerie. Et il lui avait raconté que l'entente avec les chevaux avait démarré pendant la guerre, parce que les grands-pères avaient pas échappé à la conscription et ils s'étaient enrôlés de bon cœur, qui plus est pour aller faire du tort à d'autres, et ils croyaient que ça leur vaudrait la reconnaissance de la nation et autres foutaises, et qu'après on les laisserait voyager sans leur jeter des pierres. Bello disait qu'il y avait Gio senior, et Ludi et Pietro et Michelis et tous les anciens, ils avaient rejoint des cousins de l'Est, qui étaient plus violonistes que débrouillards, mais ils s'entendaient bien. Ils avaient été mis en uniforme avec de la laine épaisse et lourde et ils étaient tous comme des gosses avec un fusil solide et on les avait envoyés dans la cavalerie. Deux jours de formation et c'était parti pour le combat, et seigneur quel combat. Gio senior avait foncé le premier sur les lignes adverses, ils s'étaient fait dégommer comme des lapins de carnaval. Ça tombait autour et les hommes et les chevaux et ça puait la fumée des obus, des balles et de la chiasse parce que tout le monde se chiait dessus avait dit Bello. Le grand-père pour sauver sa peau avait fait semblant de prendre une tige et il s'était laissé tomber. Et le cheval qui aurait pu courir avec le bonhomme accroché aux tresses s'était arrêté net et le grand-père lui avait dit allonge-toi, bougre de bête, sinon tu vas morfler. Le cheval ne comprenait pas et il avait ramassé une salve. Il était tombé à côté de Gio senior et le grand-père avait cru finir écrasé, il s'était trouvé par terre au milieu des cadavres et il avait vomi ses tripes tellement ça puait et tellement il avait la trouille. Mais le cheval était pas tout à fait mort, alors, couché qu'il était dans la bouillasse, Gio senior avait pris la tête de la bête contre lui, et ils avaient partagé leur souffle contre la terre froide et ils avaient échangé des paroles de désespoir et peut-être d'espoir aussi et la bête était partie au bout d'un long temps de caresses. Elle n'était pas morte seule.

Quand les types d'en face avaient commencé à ratisser le champ de bataille pour faire un sort fatal à tous les blessés, Gio senior avait glissé sa carcasse presque sous le cheval et il avait tiré des morts sur lui pour se cacher et des liquides lui tombaient sur les yeux et dans le cou, et ce n'était plus chaud, mais froid et visqueux, et il n'avait plus rien à vomir. Il entendait les balles rentrer dans les chairs mortes à côté de lui, et des gens parler une langue inconnue. Et il était resté sous les corps quatre jours et quatre nuits, parce qu'il ne pouvait plus sortir de là. Il était déjà presque crevé, c'est la chaleur et le souvenir des yeux du cheval qui le tenaient à l'intérieur. Quand il s'est relevé, une nuit, il se savait seul dans le charnier, il a caressé le cheval avant de filer et c'est comme ça que l'histoire a commencé avec les trotteurs.

7

Gio s'approche et les deux bêtes se tournent vers lui. Il ouvre les narines. Ce parfum du cheval, c'est la terre et l'eau, et le crottin, et leur musc sauvage, c'est une odeur qu'il comprend. Un arbre immense se déploie derrière la caravane du chef et Gio opine du menton. Les bêtes se sont collées l'une à l'autre pour tendre le cou dans sa direction et il accueille leur museau dans ses paumes, leurs naseaux vibrant, crachant soudain des nuages vaporeux qui, un instant, font presque disparaître ses mains. Gio penche la tête et il colle son front contre celui du premier cheval et il fait pareil pour le deuxième et ensuite il prend les bêtes par les ganaches, doucement, et il ramène leurs joues contre les siennes, au milieu, et ils partagent ce qu'il faut de ce moment-là. Il sent leurs oreilles qui s'agitent et c'est comme le langage de Papillon. Il relève la tête et dit au gamin :

— Papillon regarde bien leurs oreilles, c'est par là qu'ils parlent.

Le gamin s'approche et les chevaux ne bougent plus. Papillon fait une moue.

— Tu verras, ça reviendra.

Il flatte l'encolure de la jument blanche mouchetée de noir. Sa crinière ample, elle donne des coups de museau encore, pour qu'il ne se détourne pas d'elle. Gio se met à murmurer la chanson que Bello lui avait apprise et la jument s'endort presque en l'écoutant fredonner.

Un petit homme apparaît derrière les bêtes, il s'avance dans leur direction. Il porte la moustache fine et aussi une chemise et un foulard autour du cou. Il a une brosse dans la main pour la soie des chevaux, et dans les yeux, un regard qui laisse penser que ce n'est pas lui, le type à la pipe qui garde le secteur.

— Tu as l'air de t'y connaître, fiston.

Gio réplique sans réfléchir.

— Dans ma famille, on dit qu'on a le don, mais comment savoir.

— Le don de quoi ?

Gio hausse les épaules. C'est vrai, le don de quoi ?

— Des emmerdes, il répond.

L'autre éclate de rire.

— Alors on t'a laissé entrer, hein ? Toi et ta ménagerie ?

Il montre Papillon et Dolores.

— Un géant, et deux mômes dont l'un qui pue plus que la merde de mon seau. Qu'est-ce que vous êtes, vous autres, des mendiants ? Vous faites du chiffon ?

— On est du voyage.

— Du voyage pour aller quelque part ? Ou pour se faire oublier de votre chez-vous, parce qu'il aurait pas fait bon y rester ?

— Un voyage, c'est toujours un peu des deux.

Gio essaie d'avoir l'air fier. Mais il n'en mène pas large. Les chevaux commencent à sentir sa nervosité. La jument noire secoue fort la tête.

— Tu vois qu'elle peut dire quand tu me sers de la triche. Qui c'est qu'on t'a dit d'aller voir ici ?

— Micek.

— Micek hein ?

— Oui.

— C'est pas un facile.

— J'ai jamais croisé de facile.

Il hoche la tête.

— Faites le tour et entrez voir, il va sans doute y avoir audience.

8

Dolores monte la première puis Papillon puis Gio et ensemble ils grimpent les marches qui mènent à la porte d'entrée de la caravane, une caravane ancienne, avec une toiture en bois charpentée par un travailleur qui savait utiliser ses mains. Gio n'en avait aperçu qu'une seule comme ça, une fois, gamin, chez les Cinni et c'était un cousin de passage qui habitait dans un autre pays.

— Avancez, qu'ils entendent.

Ils se retrouvent dans un petit salon, il y a un poêle qui fume et fine moustache assis sur un fauteuil de velours. À côté, sur un autre siège, une vieille femme étrange, et imposante, elle affiche de la bimbeloterie comme si elle en vendait, et elle a des robes immenses, avec tellement de couches et de couleurs qu'elle ressemble à un déguisement qui aurait mal tourné. Elle inspire en les voyant, sa tête paraît énorme avec des lunettes sur le bout du nez, un chignon comme une sculpture, et sa poitrine à demi dévoilée est si vaste que Gio espère qu'elle ne va pas inspirer trop fort. Ses yeux sont graves. Gio se demande quel est son pouvoir, parce qu'il est sûr qu'elle en a un. Il est fatigué, et il est toujours connecté aux chevaux, au-dehors, et le fait d'avoir vu l'arbre l'a remis en balance dans le monde de la nuit. Alors il résiste. Parce qu'il sait qu'il doit être bien présent dans ce moment, et ne pas se rater. Pas question que Dolores finisse dans la cabane à putes. Et Papillon guère mieux.

9

Le moustachu les observe et il sourit de toutes ses dents, Gio a rarement vu quelqu'un les posséder toutes, encore, à l'âge d'être plus qu'un père de famille. L'homme dégage une navaja d'un étui plaqué contre sa cuisse droite, attrape un cigare et il en tranche l'extrémité d'un geste net, se le colle entre les canines et, le cigare toujours sans feu, il commence à parler.

— Alors nous voilà de la nouveauté.

La vieille se met à détailler les corpulences. Gio ficherait son billet qu'elle a déjà percé le secret de chacun et, pour un peu, elle a lu leur avenir il y a déjà mille ans.

Micek pointe le cigare dans leur direction, puis l'allume enfin en grattant une allumette contre le bras du fauteuil.

— Tu en penses quoi, Grand-Mère ?

Elle fait passer ses pupilles de l'un à l'autre, puis l'éclat de ses yeux s'estompe derrière le voile d'une fumée blanche, que Micek souffle doucement, bouche ronde et tête en l'air.

— Intéressant, qu'elle dit.

— Ah bon ?

— Ceux-là ne sont guère banals.

Micek s'autorise une moue, fait briller le cigare, puis crache à nouveau un nuage âcre.

— Grand-Mère, c'est pas avec de l'original que je vais me faire une équipe qui tient la route.

— Mais ceux-là, ils sont pas tous pour toi, j'en ai pour moi aussi dans le lot.

Elle ne cesse de regarder Dolores, qui baisse le menton. Mais la vieille l'a déjà attirée dans ses filets. Micek hoche la tête.

— Je ne peux rien te refuser Grand-Mère. Mais le gaillard, là, me serait bien utile. Je crois qu'il a quelque chose avec les chevaux. Il dit que sa famille a le don.

— Approche, ordonne Grand-Mère, et mets-toi à genoux.

Gio obéit. Mais même à genoux il est encore trop grand. Elle se redresse pour lui glisser la main sur le crâne et elle ouvre de grands yeux. Puis se tourne vers Micek.

— Non, décidément, ceux-là ne sont pas pour toi.

— Qu'est-ce que tu lui as vu dans le crâne ?

— Attends, j'ai encore à faire… Approche gamin, dit-elle à Papillon.

Papillon a changé son regard. Il s'approche et jette une pomme sur les genoux de Micek, qui éclate de rire.

— Qu'est-ce que c'est que ce marmot qui distribue les denrées fraîches ?

Papillon sort son couteau et fait jaillir la lame et il la passe sous sa gorge en faisant des yeux exorbités. Micek s'arrête de rire et observe le gamin. Puis il lui tend gravement la main. Papillon la serre, tout aussi sérieux. La vieille interrompt le cérémonial en tirant le môme par la manche et le fait asseoir. Elle lui colle la main dans les cheveux et Papillon ferme les paupières pour lui offrir un peu de concentration, et c'est sans doute par gentillesse qu'il le fait. Grand-Mère retire sa main comme si ça brûlait et elle ne dit rien et elle fait de nouveau de grands gestes pour que Dolores s'approche.

La gamine essaie de marcher comme si elle allait à la mine et elle s'accroupit près de l'ancêtre qui lui relève le menton et plonge ses yeux dans les siens.

— Elle est bien bonne celle-là !

— Quoi, fait Micek.

— Rien, rien.

Elle tousse dans sa main.

— Je pars ce soir avec ces trois-là. Le grand, là, il viendra s'occuper des chevaux pour faire un salaire. S'il te convient, tu pourras l'utiliser pour autre chose. Les deux autres, ils sont à moi.

— Et pourquoi ça, Grand-Mère ?

— Faut une main ferme pour les conduire.

— Le gamin m'intéresse, Grand-Mère, le môme à la pomme, il me semble de la famille. L'éloigne pas trop de moi non plus.

Micek éclate de rire et écrase son cigare sous son soulier.

— Allons, on va boire un verre pour fêter la bonne étoile qui vous amène !

— Vous boirez demain, corrige Grand-Mère. Chez Big Frankie si vous voulez. Ce soir, je les emmène.

Et elle a dit suivez-moi.

10

De nouveau, il faut traverser le quartier, passer devant le corps inerte et presque nu et personne ne regarde. Ils longent la cabane à la lanterne, maintenant éteinte, à l'intérieur une femme fait des bruits de plaisir et Dolores glousse et Gio lui donne un coup de coude. Quelques mètres plus loin, les hommes de cuir ont jeté de l'eau sur les brasiers qui fument doucement, puis c'est le retour de la ville, rigide, avec les immeubles et les trottoirs et les caniveaux.

Ils marchent encore avant d'être cueillis par une avenue bordée d'arbres rouges, certaines fenêtres ont des vitraux comme dans les églises, et, devant des portes d'entrée en tourniquet, des hommes en livrée attendent droits et raides, comme s'ils n'allaient jamais décaniller. Grand-Mère pousse la porte d'un de ces bâtiments, il y a des lettres comme des armoiries sur le vitrage, l'immeuble fait au moins dix étages. Les voilà au pied d'un escalier de bois sombre et brillant, ses marches couvertes d'une épaisse moquette avec des motifs or, et des lampes qui font un halo bronze un peu jaune, c'est beau, songe Gio. Une petite dame surgit d'un logement au rez-de-chaussée et se précipite et elle dit c'est vous madame, et Grand-Mère dit ce n'est rien allez vous coucher j'ai des invités.

Papillon voit l'ascenseur et veut monter dedans, mais à quoi bon on va au premier étage prévient Grand-Mère. Elle s'élance dans l'escalier, et au premier, il y a une grande porte double avec des poignées sculptées. Gio ne comprend pas comment ils sont passés de la caravane à la vie de château en si peu de pas.

— Vous allez comprendre, un instant, devine Grand-Mère.

Elle actionne un interrupteur, il y a des lumières qui naissent partout pour faire apparaître des canapés et des coussins larges et encore de la moquette épaisse. Un type surgit il est tellement long on dirait que sa tête fuit ses jambes.

— Dull, vous ferez couler un bain et on va mettre au propre tout ce petit monde, vous irez trouver des vêtements pour ceux-ci… et pour le crasseux au chapeau, là, on verra ce qu'il préfère, des robes ou des pantalons.

Dolores se tourne vers Gio.

— Du calme, ma belle, si j'avais voulu te faire du tort, j'aurais révélé ton joli minois à Micek, il est toujours à la recherche d'un peu de nouveauté pour égayer son cheptel. Quand vous serez lavés, Dull vous servira de quoi nourrir vos ventres, et on prendra le temps de se dire les choses. On parle mieux avec le cœur quand on n'a pas les mains crasses.

11

Gio et Papillon se sont lavés ensemble, il n'y a pas de pudeur à avoir quand on a partagé la guerre. Ils se sont glissés chacun leur tour dans une baignoire sur pieds, c'était la première fois qu'ils voyaient ça. Papillon avait brassé de la joie, plus que de la saleté, et il s'était levé en dansant, et il avait secoué son derrière pour de rire. Mais ils avaient quand même sérieusement pollué l'eau avec leurs sels et leurs poussières et leur misère, si bien que, quand Dull était entré dans la pièce pour leur apporter des peignoirs épais et doux et chaud d'avoir été placés devant la cheminée, il avait ouvert de grands yeux au-dessus du bouillon pour un peu ils tombaient dedans. Il avait emporté leurs vêtements en retenant son souffle, et il était revenu avec d'autres plus ragoûtants, même si ce n'était pas tout à fait la bonne taille pour Papillon l'enfant était quand même heureux.

Il avait fallu nettoyer la pièce et la préparer de nouveau pour Dolores et quand elle était ressortie elle sentait les fleurs et une odeur de savon. Elle portait une robe vert clair et un collier, et autant Papillon que Gio étaient restés bouche bée, car elle avait été coiffée, et dans l'instant, on aurait cru une pureté qui n'avait jamais connu le malheur.

— Qu'est-ce que vous en dites les hommes ? Est-ce que c'est pas un joli mendiant ?

Grand-Mère a les mains jointes presque en prière puis elle fait tourner Dolores sur elle-même et Gio se dit que dans cette tenue c'est fichu pour avoir de la tranquillité.

— Regardez-moi ce grand dadais qui est inquiet pour sa protégée.

Grand-Mère penche la tête et sourit sans cacher qu'elle se paye un peu sa tête parce que Gio a l'air aussi empoté qu'un nouveau-né qui prend vingt ans d'un coup.

— Pour l'instant, la gamine reste ici avec moi. Elle ira pas risquer sa vertu là où il faut pas. Vous allez dormir, Dull vous montrera vos chambres. Et demain, on commencera pour de bon les conversations qui s'imposent.

Gio s'approche de Dolores et lui saisit les mains doucement.

— C'est ça, ta maison qui sent la lavande, tu crois ?

— Comment savoir Gio, comment savoir ?

Comme on croit

1

Gio a encore le goût du café frais dans la bouche et ça éteint un instant celui des cauchemars, cette trouille que personne ne peut comprendre. Grand-Mère a commencé l'interrogatoire et ils ont tout raconté. Elle explique qu'ils sont arrivés à la capitale et que tout peut s'y oublier, disparaître et s'inventer de nouveau, encore plus maintenant, des étrangers arrivent de partout à cause de la Grande Épopée, et ils se disputent des parts de marché tous les jours pour les affaires opaques.

Grand-Mère, elle, était arrivée ici bien avant, elle pouvait raconter toutes les histoires de tous les quartiers.

— Mon père et ma mère étaient des gens importants de la communauté, enfin, de la nôtre, les Femmes et les Hommes du Vent, et c'est parce que mon père commandait des affaires, et ma mère avait des pouvoirs que je ne peux pas évoquer, mais ils ont été victimes d'une lâcheté. Je me suis retrouvée loin de toute famille, trop jeune, trop seule. Alors j'ai fait comme toutes les garces du monde, j'ai prospéré sur mon cul.

Elle regarde Dolores.

— Tu le crois pas quand tu me vois aujourd'hui avec mes fripes à la place de cette peau de sable que les hommes aimaient caresser. Mais tous les clampins du monde en avaient après moi. Je peux te dessiner dans le détail la figure du premier qui a trouvé en moi son plaisir dans l'arrière-salle d'un café, comme du dernier qui a pleuré quand je lui ai dit que je prenais ma retraite. J'ai eu tous les hommes entre les pattes, et ailleurs aussi, crois-moi. Je connais cette espèce-là mieux qu'aucune autre.

Dolores s'assoit près d'elle, dans le petit salon avec des rideaux opaques et des canapés de velours, et des objets partout, qui ne servent à rien qu'à être posés. Gio n'avait jamais vu autant de choses disposées pour le seul plaisir. Une fois sa mère avait voulu accrocher un tableau et le Père l'avait foutu au feu en disant que les images, c'était dans la tête, le mur, c'était pour les carabines.

— J'avais un cul, comme la petite, là, qui pourrait se payer la moitié de la planète avec le sien, et sans crédit. Mais au fond, la vérité, c'est qu'un derrière, ça suffit juste à s'acheter une place en soute. Y'a rien en dessous de ce qui sert de bouffe au maquereau. Alors, tu imagines que tu vas grimper en société rien qu'avec tes jolies gambettes. Tu baises de meilleur en meilleur. Mais tu tombes toujours sur des capitaines de petites galères. Et moi je rêvais du grand voyage, faut comprendre ça les enfants. C'est cette ambition-là qui a fait basculer le destin. Croyez-moi que c'est le ciboulot qui m'a soulagé les cuisses. J'ai réussi cette chose, comprendre comment ça marchait ici-bas. Et la seule chose qu'on peut faire, c'est refiler les emmerdes. Alors j'ai embauché de la misère pour trimer à ma place. On dit que c'est de l'exploitation. Et alors ? J'ai jamais empêché aucune fille d'essayer de devenir plus fine que moi. Et avec ça, j'ai construit un empire de la chatte et du plaisir, avec des salons dorés, et des coins dégueulasses pour les moins-disants. Et j'ai fait mes affaires. J'ai investi dans la pierre les enfants, y'a que ça de vrai, des immeubles, des relations et des souvenirs. J'ai appris ça de mes hommes. Ces types me payaient une formation financière sans le savoir. Et maintenant j'ai une position ici, et ça me donne le droit de faire des choix, et de commander à quelques-uns. Mais vous, vous êtes des enfants, loin de tout ça. Vous êtes de la bonne sauvagerie qui ignore encore ses manières, et qui veut basculer, mais vous ne savez pas encore vers quoi. Et moi, je crois que je vais vous aider à faire ce choix-là.

La môme touche le tissu de la robe et fait tourner le collier entre ses doigts.

— Alors, toi, ça fait quoi d'avoir les fesses au propre ?

Dolores hausse les épaules. Grand-Mère l'imite, pas tant pour se moquer que pour voir ce que ça fait et ce que ça peut vouloir dire, pour elle-même.

— Ah, ça. Tu voudrais pouvoir t'épargner le verbe, mais ça ne marche pas comme ça. Tant que tu étais avec des brutes, encore, ils pouvaient s'en contenter. Mais le destin t'a collée ici, ma grande, et ça va te demander de partager de la pensée. Hier, tu portais la guenille d'un mort, aujourd'hui, tu es dans du coton d'Égypte. Et je te fiche mon billet que tu ne sais pas ce que c'est que l'Égypte.

— Je ne sais pas non plus pour le coton.

Grand-Mère se tait un instant, puis elle ajuste un bracelet autour de son poignet. Gio l'observe et il se dit qu'elle vaut plus que sa mère et ses tantes à la fois. Il la regarde plonger ses yeux dans ceux de la gamine.

— Tu crois qu'il faut quoi, pour faire une reine ?

La gamine hésite. Elle a l'air de vouloir hausser les épaules, mais elle est coincée.

— Je sais pas. Peut-être qu'il faut de la beauté, mais de la beauté qui serait pas ordinaire.

— C'est jamais ordinaire la beauté, ma petite. Mais peut-être que tu fais fausse route, et que pour être une reine, il faut surtout de la détermination.

— C'est quoi la détermination ?

— C'est pas juste de la volonté. Imagine deux types dans le vide, tu vois ?

Elle montre Gio du pouce.

— Tiens un grand comme ça. Il s'accroche à une herbe. L'autre, à une branche. Le second sait qu'il tient un truc solide. Il a de la détermination.

Dolores se tourne vers Gio. Puis elle fait la moue.

— Moi je dirais l'inverse. Celui qui a l'herbe, il veut s'en sortir peut-être plus, alors qu'il tient une merde fragile, et que ça va se jouer à rien. C'est lui qui a de la détermination, parce que ce serait plus tentant pour celui-là de renoncer, et de se laisser tomber.

Grand-Mère fronce les sourcils, puis s'éclaire d'un sourire. Et elle applaudit avant de rire.

— Tu es maline, ça m'apprendra à faire des phrases.

2

Dolores se tourne vers la grande fenêtre du salon, et elle observe le ballet imbécile de deux pigeons à la recherche d'un perchoir.

Grand-Mère laisse passer un silence.

— On croit que les pires expériences nous apprennent qu'on vaut mieux, et toute cette triche. Non. Moi j'ai compris qu'on ne vaut pas mieux. Et j'aurais dû pleurer de comprendre ça, et je t'assure que je m'étais faite comme une poupée et pourtant jamais, jamais je ne me suis sentie si laide que ce jour-là, celui de mes premières passes. J'ai voulu demander du secours, mais je n'avais personne à qui parler, et la seule chose qui m'est venue, c'est le don, comme ma mère, le don de lire les gens. Ça vient directement de la Vierge Noire. On sait pas comment ça se fait. Mais ça se fait. Ma petite, avec moi, pas de tricherie.

Dolores hésite.

— Vous avez lu quoi, de moi ?

— J'ai vu ton hésitation.

— Quoi ?

— Tu comprends pas non plus ce mot-là ?

— C'est l'idée qui m'est difficile.

— Toi, tu as l'impression que la femme est dans les hanches, mais tu sens que les hanches, c'est du danger. Et puis la tête, ça te fait pas rêver, ou tu te crois pas assez fortiche. Alors tu te demandes comment faire pour grandir sans négliger l'un ou l'autre. C'est ça que je veux te dire. Eh bien, ma petite, tu fais erreur sur une chose.

— Laquelle ?

— Croire que tu n'as pas le choix. Le problème, c'est que tu te sens flattée dès qu'un homme te regarde, parce que c'est toujours bon à prendre, mais ça te guérira jamais de la solitude, la vraie solitude. Celle qui te pousse à chercher un peu d'attention, quitte à faire des choses qui te font pas envie…

— Mais c'est obligé…

— Ce qui te manque, c'est de l'éducation. Pour dompter les illusions. C'est quoi les illusions ?

— Je ne sais pas, je ne comprends pas…

— Mais si, tu comprends. C'est que tu veux croire que tu finiras par tomber sur un chic type, par hasard. Ou que tu sauras en transformer un. Un cul, ce n'est pas une baguette magique, et tu feras pas de miracle avec tes jolies miches. Moi, j'ai fait mon business sur le dos de cette merde qu'on a dans le crâne, et qui nous fait préférer le bas. Mais toi, je sais ce qui t'émeut encore les entrailles, quand tu passes devant la cabane à putes, près du camp. Ça t'attire encore comme quelque chose qui te serait bien plus que destiné. Et tu ne sais pas si tu aimes ça ou si tu te détestes quand tu aimes ça…

— J'aime pas en parler…

Dolores observe Gio en coin. Grand-Mère sourit.

— Ah, ça, tu trouveras peut-être un gaillard un peu différent, qui n'aurait plus trop de tête, mais quand même du cœur. Une espèce rare…

— Une espèce comment ?

Grand-Mère passe au murmure.

— Le genre qui a foutu un pied dans la nuit, et qui a du mal à garder l'autre en plein jour. Le genre absent d'une façon qui ne se négocie pas et qui est torturé chaque seconde. Peut-être bien que tu pourrais le ramener chez les vivants, pour de bon. Il faudrait que tu sois bien amourachée de lui, et que tu te donnes entièrement à ça, comme une nonne qui fait revenir le Christ sur terre rien qu'avec la prière.

Dolores se penche et parle à voix basse à son tour.

— C'est normal alors qu'il a pas voulu quand j'ai essayé de lui faire des trucs ?

3

Grand-Mère chuchote maintenant.

— C'est pas par la queue que tu le feras redescendre, ce gars-là.

Dolores répond dans un souffle.

— Il a promis de prendre soin de nous, il m'a nettoyé le visage avec de l'eau. Il ne veut pas me cueillir d'un coup, il veut que je mette des étapes, qu'il a dit. Je n'y comprends rien, mais avec lui, c'est comme si ça serait un voyage qui ne se fait pas en une seule fois, et qui va plus loin que d'habitude.

— Alors comment feras-tu pour dompter ce qui te chatouille le ventre quand tu croises une baraque à putes ?

Dolores se met à sangloter. Gio le voit et se lève d'un bond.

— Pourquoi elle pleure, la gamine ?

Grand-Mère lui fait signe de se rasseoir. Elle se lève à son tour et elle a l'air immense avec son chignon et ses lunettes. Elle attrape Dolores par les cheveux et les lui tire en arrière et elle colle sa bouche tout près de la bouche de Dolores.

— Ici on ne pleure pas. Si on pleure, c'est parce qu'on s'est trahies nous-mêmes, loin, loin dans la traîtrise. On ne s'apitoie pas parce que les autres ne s'apitoient pas. Si tu veux geindre, sors, sors d'ici maintenant et va aussi bien livrer ton cul. La seule chose qui te sauvera, toi, c'est que tu deviennes une personne, pour finir. Une personne, ma fille.

— Mais je sais pas comment on fait ça.

— Imagine que tu prends une belle plume, tu la trempes dans de l'encre noire, c'est un beau noir épais, profond...

— Je sais pas écrire.

— Y'en a pas besoin pour ça, écoute nom de nom. Tu prends la plume et d'un seul coup tu traces une ligne. Et tu regardes. Ton trait est à la fois parfait, et complètement raté.

C'est ça, une personne. Un jour tu t'envoles, un jour tu chutes. On a les pattes au sol et la tête au ciel. C'est comme ça qu'on est fait.

Et sur ce elle colle un baiser tendre sur les lèvres de Dolores.

4

Grand-Mère a distribué les rôles. Elle loge la gamine, qui est toute retournée, le temps de faire un peu son éducation, et Dolores travaille à son logis pour payer les frais de cette promotion, et elle passe du temps avec Grand-Mère qui s'ennuie de son monde. Gio s'installe avec Papillon dans un logement plus loin, un réduit qui leur convient, et le matin Gio va aux chevaux de bonne heure et Papillon a intérêt à se garder tout seul le temps qu'il puisse servir à quelqu'un pour faire quelque chose. Grand-Mère sent un truc à son sujet, mais elle ne veut pas dire quoi.

5

Gio est aux chevaux. Tout dort encore, parce que la nuit commence à peine à s'estomper. Le ciel joue sa guerre quotidienne et ça fait des ravages dans les nuages. Papillon est quand même venu avec lui pour observer comment on s'y prend, et le gamin, sur une botte de paille, se raconte des histoires. Les bêtes ont reconnu Gio quand il s'est approché. Gio les a saluées selon le rituel et il a aussi senti qu'il y avait des choses possibles avec le vieil arbre, quand un frémissement a secoué son feuillage. Gio ne connaît toujours pas bien la ville, il ne l'a goûtée qu'à l'hôpital. Et il sait qu'ici, il sera privé de certaines choses qui comptent. C'est comme ça, et il ne peut pas retourner là d'où il vient. Mais quand ce sera plus clair pour tout le monde, il pourra peut-être dégoter un champ à l'écart et s'y poser et faire venir Dolores et Papillon, et vivre tranquille avec eux, et leur apprendre le ciel et le voyage dans les étoiles.

Il commence à brosser la jument parce que c'est la plus âgée des deux et qu'elle s'impatiente. Il a passé du temps à murmurer près d'elle et à baigner dans ses grands yeux noirs en se demandant ce qui pouvait bien lui traverser l'esprit. Ces bêtes ont l'air de tout saisir sans jamais rien montrer, se dit-il. La brosse fait voler de la poussière, un nuage qui estompe l'arrondi net du ventre. Il flatte l'encolure de la jument puis sa bedaine somptueuse, doucement, et ainsi reviennent les lignes parfaites. Micek lui a dit qu'elle s'appelait Domino et que l'autre, c'était Fox, parce qu'il avait un poil rouquin. Mais Gio sait que ce n'est pas ça et il se donne un peu de temps avant de capter leur nom secret. Tous les chevaux en ont un et quand tu le connais, tu es admis pour de bon. Il brosse et démêle les poils qui couvrent les sabots.

— Vous m'avez fait de fichus nœuds là-dedans.

La jument relève la patte, pour montrer qu'elle n'aime pas ça. Gio se redresse et il fixe la bête, comme on gronde un môme.

— Tu as vu ça Papillon ? Elle râle !

Papillon vient lui apporter du foin.

— Tu as raison, parfois, l'estomac décide pour la tête.

Micek sort de la caravane, torse nu, et ses bretelles retombent sur son pantalon. Il fait des mouvements de bras comme pour assouplir ses épaules avant une bagarre. Il contemple les deux palefreniers et leur fait un geste du menton.

— Est-ce que vous me permettez de vous offrir un café ?

Puis il s'approche de la jument et siffle d'admiration.

— Comme tu me l'as pomponnée mon gars, elle est pas loin de briller comme un cuivre français !

Et il va chercher des tasses de fer-blanc, et il sert le café, et les hommes boivent à petites gorgées parce que c'est chaud. Gio pense à la gnôle avec le Père et ça lui manque.

— Tu m'as l'air abattu, garnement.

— Je me suis laissé aller aux souvenirs.

— Ce que tu as laissé derrière, c'est derrière. Maintenant devant il y a quoi ?

— Il y a rien, monsieur.

— Appelle-moi Micek, ça me va, si tu n'en fais pas l'occasion de me manquer de respect.

— Non, promis, merci Micek.

— Dis-moi mon garçon, est-ce que tu es le genre de bonhomme qui sait tenir sa langue ?

— Comment ça ?

— Je voudrais pas manquer à mon tour de respect à Grand-Mère, c'est quelqu'un qui a son importance. Mais je vais pas pouvoir te payer sans fin juste pour le brossage de mes canassons. Je vois pas pourquoi il faudrait lustrer beaucoup plus le cheval que le bonhomme qui le monte, si tu vois ce que je veux dire. Non que je sois négligent avec l'hygiène, ou que j'aimerais que tu me brosses aux aurores, mais un homme a besoin de garder sur lui les sels de sa virilité, parce qu'il doit faire sentir aux autres qu'il se respecte sans se ménager, tu me suis ?

Gio hoche la tête.

— Des grands gaillards comme toi, ça peut être utile à des gens comme moi, parce que tu sais qu'on doit s'entraider, parce que tous les autres sont contre nous, et que nos affaires en ce moment tiennent pas à grand-chose. Est-ce que tu veux venir avec moi chez Big Frankie ce soir ? Tu n'auras rien à faire, qu'à prendre une gueule de sauvage qui voudrait aller dormir, et si tu es crédible dans ce rôle, tu reviendras souvent avec moi. Et on emmènera le petit aussi.

— Le petit, il faut veiller sur lui.

— Je vais y veiller, au môme, je vais y veiller.

6

Ce n'était pas arrivé depuis l'ambulance, Gio est monté dans une voiture, celle de Micek. Le petit maigre qui fume la pipe en plissant les yeux conduit. On lui a expliqué qu'il s'appelle Misère, et qu'il est noble, car son nom complet c'est Misère de Misère. Et les hommes avaient ri et Gio n'avait pas compris. Papillon, lui, s'était esclaffé parce qu'il aimait que ça ricane autour.

Misère conduit et Micek s'est installé à l'arrière avec Papillon ce qui fait que Gio est devant aussi. C'est une longue conduite intérieure avec des sièges épais, et on sent à peine le pavé sous les roues. La voiture s'est figée devant la vitrine d'un café et tout le monde en est descendu et Micek a dit que Misère resterait dans la voiture parce qu'il fallait toujours quelqu'un de confiance pour être prêt à partir, si ça devenait nécessaire.

Il a dit aussi que Gio devra rester près de lui, mais pas trop, à une distance de bras, comme un invisible qui ne serait pas là et que les autres ne verraient pas. Mais il pourrait surgir avant qu'un inconnu allume la flamme d'un briquet sous le cigare de Micek.

— Il faut être un fantôme, mon gars, et pour moi, c'est dans tes cordes, malgré que tu fasses la taille d'un hongre et je dis pas de mal de tes attributs.

Gio ouvre la porte du café. À l'intérieur, un silence se fait aussitôt et Gio mesure alors que Micek n'est pas juste un type avec une moustache qui vit à l'ordinaire dans une caravane antique. Les hommes dans le café reprennent un peu vie. Ils portent de la même façon la casquette, elle tombe d'un côté, ça ne laisse voir qu'un œil, et ça suffit pour y lire ce qui est nécessaire. Ils fument tous du tabac russe, empaqueté dans des petits cubes compressés. Et ils jouent aux cartes sur les tables rondes, en buvant de l'eau-de-vie coupée ou du cidre maison.

Un type crache en faisant un bruit de bouche. Micek regarde Gio et Gio ne sait pas pourquoi mais il a compris, il se retourne vers le bruit et il décoche un revers dans la casquette de l'autre, tout le bonhomme tombe d'un coup en arrière et soudain le monde guette Gio en se demandant qui est ce nouveau gars, avec des mains à étourdir la fierté.

Un type épais comme un taureau surgit de derrière le comptoir et interroge calmement l'assemblée pour savoir qui d'autre veut faire passer la salive avant le respect, et personne ne dit rien, alors le Taureau se décide à conclure.

— Virez-moi ça dehors et qu'il ne remette plus les pieds ici.

On dirait que quelqu'un cause à l'intérieur de lui et que ça fait un écho depuis les profondeurs. Plusieurs clients embarquent le cracheur et le flanquent à la porte en s'excusant.

Micek se tourne vers Gio.

— Tu apprends vite.

Puis le costaud ouvre grands les bras.

— Micek !

— Big Franckie, mon ami !

Voilà que les deux s'étreignent, mais doucement, car Micek n'arrive pas aux épaules de l'autre, qui doit pouvoir étrangler un cochon sans l'aide d'une corde.

— Micek, j'aurais pu régler ça tout seul.

— J'ai un apprenti en formation.

Et il désigne Gio.

— Qu'est-ce que c'est que ce géant… ma parole, fiston, tu as mangé quelque chose de spécial hier ?

Et les deux hommes de rigoler en se tapant sur l'épaule.

— Il est arrivé ?

— Oui je vous ai installés dans l'arrière-boutique.

Gio suit la troupe par une porte dérobée, et ils se retrouvent dans un couloir étroit, où l'on ne s'autoriserait pas à marcher côte à côte, et ensuite c'est une petite pièce avec une lampe basse et deux gros lourds debout, et un gars assis qui visse une sans filtre au bout d'un fume-cigarette et il fait semblant d'être content d'accueillir tout le monde.

— La principauté du voyage en personne !

L'homme ouvre les bras, Micek ouvre les bras, mais aucun ne serre l'autre. Micek prend place à table et Gio remarque que les deux gorilles le jaugent et ils se demandent sûrement pourquoi il est seul avec sa tête dans les nuages plus que dans les affaires. Papillon vient se coller près de Micek. Le gars en face a un mouvement de recul et il parle avec un accent.

— Oh Micek, tu amènes les enfants maintenant ? Tu fais la femme et le papa en même temps, les affaires et la marmaille ? Ou c'est sorti d'une femme que tu n'avais pas le droit de baiser ?

Et il se met à rire, il a des dents qui sont en or, et il ressemble à ceux qui avaient la peau de cuir dans le quartier Est. Ses sbires ricanent aussi et Micek reste immobile comme une statue et Gio sent vibrer des choses différentes et Papillon aussi, et Gio se demande comment il se fait que les autres ne le remarquent pas. Puis le rire s'éteint d'un coup et Micek se met à parler.

— Si on faisait la guerre avec du vulgaire, tu serais général. Mais comme on fait des affaires, il est parfois prudent de brosser sa langue dans le sens de la politesse.

Le gars aux dents en or attrape une nouvelle cigarette et en tasse le tabac sur son pouce. Puis il tranche l'air d'un geste négligent.

— Assez d'amusement pour aujourd'hui, Micek, il faut trouver un accord parce que, regarde…

Il sort de sa poche intérieure un paquet de poudre brune et il le jette sur la table.

— Ça, mon ami, c'est le trésor de la seule guerre qui s'annonce. Et pourquoi ? Parce que tout le monde en veut. Comme tout le monde en veut, eh bien Fézir est généreux, et, qu'est-ce qu'il fait ? Eh bien il fait plaisir à celui-ci, puis à celui-là, puis aux amis des amis, et à la fin même à des gens qui ne sont pas connus de leur propre voisin. Le peuple achète, je vends sans exagérer les marges, et l'argent rentre, et il circule. Mais l'argent, Micek, parfois, il disparaît. Alors que, dans ma situation, je devrais me concentrer sur les petits concurrents qui veulent devenir Fézir à la place de Fézir. Me voilà obligé d'être vigilant pour des problèmes qui n'ont pas de raison d'être. C'est comme à la maison, si tu avais une maison, une vraie, et pas un souvenir du passé qui roule sur le crottin des bourrins, tu aurais de la tuyauterie avec de l'eau qui arrive et de l'eau qui repart. Mais, foutre de plombiers, parfois, parfois, tu as des fuites, et l'eau, c'est cher, alors tu dois colmater les fuites, vite. Est-ce que tu vois où je veux en venir ? Je suis un commerçant Micek et mes bénéfices, ce sont mes bénéfices, alors je voudrais bien que tu m'aides, si c'est possible, à faire en sorte que les tuyaux ne fuient plus.

Il y a un silence. Micek sort un cigare de sa poche.

— Peut-être je me trompe sur tes intentions, et mes gars donneront leur avis, mais est-ce que tu viens de dire que j'étais, quoi, une sorte de plombier pour la bourgeoisie de maison ?

L'autre tape du poing sur la table.

— Un saboteur. Micek, on va finir par choper un des gars qui rackettent mes revendeurs. Et quand on va en attraper un, on va le faire parler. Et il nous dira pour qui il travaille…

— Allons, allons, Fézir, un homme qui souffre raconte ce que l'on a envie d'entendre. La vérité, elle, ne sort que de la bouche des enfants. Pas vrai Papillon ?

Et Micek dérange les cheveux du môme, qui regarde intensément Fézir et se passe une main sous la gorge avec l'air menaçant qu'il affectionne. Puis d'un mouvement rapide, il sort son couteau, actionne le mécanisme et plante violemment la lame dans le bois de la table.

L'autre ouvre de grands yeux.

— Qu'est-ce que c'est que ce démon ?

7

D'après Micek, la rencontre s'est passée comme prévu. Les autres sont repartis furax et sans réponse, et ils sont montés dans une berline à la carrosserie mate et d'un joli ton bordeaux, avec des sièges de cuir beige, et à l'intérieur il y avait une femme qui fumait de longues cigarettes et qui avait l'air de s'ennuyer. Gio et les autres les ont accompagnés et Micek a fait salut de la main avec un sourire et Papillon croisait les bras sur sa petite poitrine.

— Tu vois, le doute, c'est ça qui profite au crime, explique Micek, alors qu'ils ont pris place de nouveau autour de la table, un verre de dure à la main.

Papillon a eu le sien qu'il a voulu vider d'un coup et il a toussé, rougi puis roté.

— Ça, c'est un garçon qui me plaît, dit Big Frankie.

— Cet enfant est un miracle, s'esclaffe Micek.

Et ils éclatent de rire. Papillon aussi se met à faire des ronflements qu'il éclaire d'un sourire, et il s'imite lui-même plantant le couteau dans le bois, puis il fait la tête de Fézir et autour de la table Micek et Frankie se bidonnent de plus belle. Et puis Micek prend l'air grave et se tourne vers Gio.

— Tu t'en es bien sorti aussi, Gio. Tu sais contenir la pression et ça me plaît. Je vais t'expliquer comment ça marche d'accord ? Je ne sais pas comment c'était chez toi, mais ici, on peut pas être dans l'honneur et toutes ces choses anciennes. Tout le monde se la fait à l'envers. La trahison, c'est une règle plus simple, et on fait semblant de s'en offusquer, jusqu'à ce qu'on ait de vraies raisons de gémir. Chacun son domaine, ça fait déjà assez de concurrence. Celui de Fézir, c'est la poudre.

Il contrôle ce marché de l'amertume et du manque et il doit lutter contre des nouveaux qui veulent s'installer. Ça fait des morts, tu sais. Mais Fézir est solide et il gère son terrain comme un pape. Nous, il fallait qu'on trouve une place. Mais on n'a pas les connexions et le savoir-faire pour les affaires compliquées, alors on a pris un autre créneau. On vole les voleurs. On pique le pognon que personne va réclamer. On l'investit dans les filles. Les filles, c'est nous. Mais on a aussi nos concurrents, et on doit gérer ça. Peut-être ils viennent d'ailleurs et ils ont juste besoin d'être affranchis. Peut-être c'est Fézir qui a embauché un type pour nous enrhumer. Tu vois ? Pas de règle. Avant, on peignait la monnaie aussi. Mais on a abandonné. Trop de logistique. Donc, tu comprends bien, on s'emmerde les uns les autres, mais pas trop fort. Une guerre, c'est bon pour aucun de nous. Mais la guerre, mon garçon, tu ne peux pas toujours l'éviter. Avec la Grande Épopée, la capitale est en train de se noyer. Le moindre lampion qui a des intentions rêve déjà d'un empire, et la trahison nourrit d'autres rêves de grandeur, qui nourrissent la trahison et à la fin, la seule chose qui grossit comme un fleuve, c'est le sang. Les gamins vont vite et fort. Et ils nous pressent, alors on est obligé d'inventer de nouveaux marchés. De se déplacer un peu. Mais au bout d'un moment on est tous sur le même radeau mon gars et si y'a pas de place pour deux faut se débrouiller pour en faire sauter un. Et on est aux portes de la guerre, Gio, c'est tout proche, et quand la guerre va démarrer, je pourrai que compter mes gars et espérer qu'ils me trahissent pas et qu'on tienne la route tous ensemble. Est-ce que tu seras des nôtres ce jour-là ?

Gio voudrait s'enfermer dans ses pensées. Mais il ne peut pas.

— J'ai promis à Papillon qu'il n'y aurait plus de guerre.

— Mon garçon, faut pas faire des promesses pas tenables.

8

C'est un soir. Et cette fois Gio et Dolores et Papillon n'ont pas besoin de parlementer pour entrer dans le camp, il faut qu'ils soient là tous les trois pour la procession a dit Grand-Mère. Elle aurait bien voulu que Dolores reste encore un temps cachée dans l'appartement mais elle a considéré que ça ne servait à rien de reculer davantage l'échéance et Gio ne comprenait pas bien ce qu'elle voulait raconter.

— Ce soir, toute la communauté sera rassemblée, peut-être un ou deux partenaires aussi, si vous voyez ce que je veux dire, a-t-elle ajouté.

Ils croisent le géant au chapeau à l'entrée, il leur fait un clin d'œil et il continue de mâcher un cure-dent. Près de la caravane de Micek, un feu est allumé, et les flammes font des lumières orangées et vivantes sur le tronc du grand arbre, ça brille jusque dans les yeux des chevaux, qui s'agitent, parce qu'ils connaissent la saveur de ce remue-ménage. Gio n'a pas vu de fête depuis longtemps. Chez lui on savait être drôle mais à la fin tout le monde était trop ivre et les femmes faisaient des infidélités et les hommes cognaient, parfois certains s'écroulaient, juste parce qu'ils étaient allés trop loin dans l'amusement.

Ici, les hommes et les femmes affluent de tous côtés. Gio les voit sortir des caravanes, ou ils viennent d'ailleurs dans le quartier, et les types sont torse nu et quelques-uns plutôt rosses. Il en croise un gras, il a presque des seins qui tombent sur son ventre avec des tétons sombres et sans poil ; puis un autre, bâti comme un bûcheron des montagnes noires, avec une chemise ouverte et une chaîne d'où pend une amulette et il a le torse tatoué de bousilles, ça raconte des femmes, et des sexes de femmes, et des chiffres qui doivent expliquer son histoire.

Une légèreté le frôle et Gio remarque une femme et le fait que toutes ont mis de l'effort dans les tenues, ce sont des robes longues qui bouffent aux pieds et des volants qui donnent de l'air au tissu comme si elles n'avaient pas besoin de toucher le sol pour être au monde ; les poitrines à portée des yeux et des mains, mais pas de trop, pour provoquer l'envie sans l'autoriser, la mettre au défi sans la décourager ; elles attisent la tension sauvage avec leurs cheveux qui sont libres et dans des volumes, Gio trouve que ça donne à leur visage des traits d'images anciennes.

Gio porte un costume avec un gilet croisé et c'est parce que maintenant il travaille pour Micek, il ne peut pas faire la fête dans une tenue qui désobligerait le patron. Il marche au milieu des gens et son nez capte des odeurs de corps, elles lui parlent de pays qu'il ignore, et de soupes qu'il ne connaît pas, des sueurs, des fatigues et des esprits lointains. Papillon, lui, a été coiffé et ses cheveux ont pris une drôle de forme et ça ne lui plaît guère alors il essaie d'aplatir de nouveau sa blondeur à force de passer les paumes dessus mais ça ne fonctionne pas.

Dolores est un bijou et Gio est heureux que la nuit fasse de l'ombre à son visage, il craint que le feu ne la mette en lumière et que ça déclenche je-ne-sais-quoi. Grand-Mère ne la quitte pas d'une semelle et les gens ne s'adressent pas à elle sans révérence.

Ce n'est pas d'abord la fête qui a lieu c'est la prière et tous les hommes sont assis par terre, et les femmes aussi, mais séparément, et le feu est au milieu ou presque, et des enfants passent, ils portent une statue de la Vierge Noire elle est sur un radeau de bois des Indes, et il y a des fruits et des fleurs à ses pieds, et du foin aussi pour rappeler des choses, et les enfants marchent doucement pour porter la Vierge, et leur petite procession les amène au milieu de la foule. Tout le monde se met à faire des incantations comme un murmure qui n'a pas de direction et cela s'arrête quand Micek se dresse face à la foule. Il s'agenouille devant la Vierge et il ouvre les bras.

— Ô Sainte Mère, Sainte Mère du Seigneur. Regardez, regardez-la, chacun de vous, guettez donc, le monde, et baissez les yeux, vous n'êtes pas prêts pour cette bonté. Et pourtant, elle, elle vous en réserve en chaque instant de vos vies misérables. Combien de fois elle vous a tendu une main, un souffle que vous avez dédaigné. Négligé. Regardez comme les fleurs lui vont bien et les fruits, vous en mangeriez comme des porcs. Qui aura le courage de se hisser jusqu'à elle ? Qui a la foi pure, la foi folle, de croire en son visage ? C'est la reine, la nôtre, elle est là pour nous autres. Partout ils nous chassent, elle nous accueille. Partout ils nous maudissent, elle nous bénit. Et que lui rendons-nous de cette justice qu'elle prépare au Ciel ? Que lui rendons-nous ?

Il y a un silence. Et soudain Papillon se lève, il a sorti sa statuette de la Vierge Noire et il s'avance vers Micek et il se tourne vers la foule et il brandit la statuette et soudain tout le monde se met à hurler et à crier des choses pour Dieu et la communauté.

Après les hommes commencent à boire et à boire encore ils se versent dans le gosier des breuvages aigres et fruités. Gio voit les yeux s'effacer, et les corps basculer dans la nonchalance, certains dorment déjà au milieu de nulle part et les autres s'invectivent, s'encouragent au godet, encore, tandis que des animaux ont été mis à la broche sur des pieux, au-dessus des feux, qui font maintenant des champs de braise et les graisses suintent et gouttent et frémissent dans une gloire olfactive brève et brave, avant de s'éteindre dans la chaleur intense. Gio laisse la faim le ramener à la vie et il guette la chair des porcs qui se colore de rouge et se pare de taches sombres, et il détourne le regard quand il croise les yeux des chevaux.

Gio jette un œil encore aux mains qui s'égarent et aux hommes et aux femmes qui font des danses mais leurs idées ne sont pas dans la musique ; soudain il sent une pogne s'abattre sur son omoplate et quand il se retourne il y a le gardien du camp qui a conservé son haut-de-forme et son cure-dent, mais il est torse nu, et il ressemblerait presque à une barrique immense et dense, et il s'accoude maintenant sur l'épaule de Gio avec un air enjôleur des complicités de taverne.

— Monseigneur m'accorderait-il cette danse, ou bien, accepteriez-vous qu'on s'amuse un peu au poing comme des hommes ? C'est pas souvent que m'est donnée l'occasion de mesurer mon orgueil avec si grand concurrent. On ferait ça à la loyale avec un stop au premier sang ou sur abandon volontaire. C'est pour l'amusement et le défi mon ami, pas pour régler des comptes ou braver la mort. On y va l'esprit serein comme deux camarades qui s'entendent pour se mettre un peu en difficulté, mais sans s'éloigner trop de l'amitié.

Gio sait qu'il n'a pas le choix. La cicatrice vibre un peu mais doucement, il n'y a pas de méchanceté chez le géant, qui s'appelle Isaac, il dit, et sa poignée de main est souple et presque tendre. Et Gio sait que maintenant qu'il fait le solide pour Micek ça attise des convoitises ou peut-être on veut le tester pour savoir s'il est digne de s'interposer devant le chef ou s'il reste juste ce gaillard éteint qui a pris une sèche au crâne et que ça a mis mollet.

Gio ôte sa veste de costume et sa chemise et Isaac siffle d'admiration en pointant du doigt les muscles sur son corps sec.

— Comment que tu t'es fait une condition aussi nette ? Pour un peu on dirait un charpentier de marine ou je ne sais quelle prouesse de métier.

Les fêtards ont compris que s'annonçait une lutte, et un combat c'est toujours un meilleur spectacle que le violon et la guimbarde et le tambour. Et les femmes ont vu les corps et certaines font déjà des phrases pour estimer Gio, et des sous-entendus sur le fait de ne pas trop l'abîmer pour qu'il reste brave au lit. Gio ne voit pas Dolores, ni Papillon, qui invective la foule rassemblée en cercle ; c'est une arène pour un combat gratuit mais Gio se dit que rien n'est gratuit et il va se battre avec l'homme qui le lui a révélé. Ça déclenche en lui des choses et des pensées et une électricité qui larde le corps de l'intérieur, et ça lui fait oublier toute la beauté du monde. Isaac fait de grands mouvements d'échauffement, Micek est monté sur le dos de la jument, et de là il annonce les hostilités avec le discours rituel.

— Mesdames et messieurs le beau combat que voilà ! On accepte les paris et la plus belle femme repartira avec le vainqueur, chose promise ! Messieurs je compte sur vous pour faire honneur au sang, le courage et la sincérité sont les préfets de tout dialogue au poing. Ne vous épargnez pas, ne vous pardonnez rien et aimez-vous à la fin, comme des frères.

9

Gio n'a pas le temps de réagir qu'Isaac est déjà sur lui, bras ouverts. L'embrassade est rugueuse et, sur un appui ferme, voilà qu'il les propulse au sol, dans un grognement. La sensation des poussières et de quelques charbons épars, l'autre est lourd sur son ventre. Gio revit un instant la chute et la cicatrice se met en panique. Et puis Gio boit de l'air et recouvre un peu ses esprits. Il est allongé, avec Monsieur Barrique lui pressant les côtes, et il croise les yeux de Dolores et il lui rend un sourire et il ne sait pas comment mais il se redresse et il cherche alors Isaac qui est toujours au sol.

Gio se ramasse en garde comme il a vu faire et il pense à Simone le crotale qui sinuait jusqu'à l'adverse, et frappait, et bougeait, et il veut faire pareil avec Isaac, mais Gio n'a pas le gabarit du petit oncle, lui est un rocher qui affronte une tempête. Face à lui, Isaac est un homme qui croit que rien ne vaut la force et qu'il est lui-même si fort, qui pourrait le vaincre et user sa conviction ? Le géant rue et exulte et râle et il frappe et frappe encore, mais Gio a l'esprit de la chouette, et il plane en silence au-dessus de l'arène, et il encaisse des coups, et il déploie ses ailes car il ne sent rien, il ne demande rien, rien d'autre que de continuer à encaisser parce qu'il s'en fiche et dans ce moment il n'y a rien d'autre à sauver, rien à réclamer, rien à dire. Et les coups lui font une sensation ici ou là et il en redemande et il se met à crier ramène-moi, ramène-moi, parce qu'il aimerait qu'un bon coup finisse par annuler celui qu'il a pris en trop, et il commence à en vouloir à Isaac de ne pas être foutu d'aller lui cogner la vie, loin en lui, si loin que ça ferait vibrer de nouveau toute la substance, et qu'il cesserait d'être un sauvage à demi mort, ou à moitié vivant, et il ne serait plus l'homme de la nuit, mais celui qui a été rendu au jour par un coup de poing.

Isaac fatigue, il a les phalanges rouges comme la chair des bêtes qui cuisent encore pas loin d'eux, et Isaac souffle et il commence à changer de regard, parce qu'il ne comprend pas, il ne connaît pas ce cuir qui fait de Gio une forteresse de chair insensible, avide de douleur et d'oubli et lui fait affronter un homme qui ne plie, ni ne ploie. Et Gio, lui, est pris d'une haine soudaine parce qu'Isaac ne sert à rien dans la quête qui vient de lui être durement rappelée, alors il lui vient l'envie furieuse de le corriger, et c'est ce qu'il fait. Il corrige le géant et au bout d'un moment il entend quelqu'un dire c'est fini, c'est fini. Et c'est fini, Isaac a perdu et Gio est fêté comme un héros et il sent des mains sur son torse et des femmes qui lui caressent l'entrejambe et qui veulent vérifier jusqu'où va sa virilité et une petite brune lui demande sa semence pour faire un enfant qui deviendra le roi des gitans, et une autre veut qu'il aille dans sa bouche pour l'honorer, et Gio ne comprend plus rien, on lui offre à boire et à boire, on lui lave le corps de la sueur et du sang et des poussières du monde.

Mais Gio, que la nuit fait presque disparaître à la frontière de ce même monde, Gio, que personne ne sait trouver là où il est vraiment, il voit cette chose, et c'est le regard de Micek. Micek, qui a fait grimper Dolores sur la jument, et qui a posé sa main si près des pêches, et qui ne regarde pas Gio, le gagnant du combat. Non il observe Papillon, Papillon occupé à une boxe de l'ombre, une boxe d'enfant, totale et si concentrée qu'il n'a pas vu, autour, le vrai combat s'achever. Micek est en chasse. Par les yeux et par les phalanges, il prend ce qu'il veut prendre. Et Gio le sait. À cet instant, précisément, il sait. Tout est foutu. Pour toujours.

10

Ce jour-là, Micek avait demandé à Gio qu'il ne s'occupe pas des chevaux, et c'était un printemps après que Gio avait brossé leur encolure pour la première fois. Il fallait qu'il aille en compagnie du patron à une rencontre avec Fézir et un nouveau blanc-bec qui tenait des jeux dans l'arrière-salle d'un bar sans demander les permissions d'usage et il fallait discuter de je-ne-sais-quoi, ça exigeait en tout cas que Gio parte séance tenante avec la chefferie.

Micek était en train de causer avec un grand escogriffe

qui avait l'air du Nord et l'autre hochait la tête et il a regardé Gio du coin de l'œil quand il l'a croisé devant la caravane. Puis ils sont partis et pendant la réunion Gio trouvait que Micek le fixait bizarrement, comme s'il lui avait fait un tort quelconque, et c'était vrai. Il se demandait si c'était à cause du blanc-bec qui canardait le haricot et le lard, et s'il attendait que Gio fasse quelque chose à son sujet, mais non. Au retour, Micek avait dit à Misère de Misère d'aller sur les quais, qu'ils allaient faire une petite marche. Alors Misère avait garé la voiture, ils en étaient descendus en silence. Il avait plu et c'était mouillé de gras. On pouvait glisser facilement sur les pavés.

Gio n'était jamais venu par là, il y avait des bateleurs, c'étaient des gens sombres avec des foulards autour du cou et des gros bras et ils chargeaient et déchargeaient des sacs sans dire un mot. Micek non plus ne parlait pas, mais au bout d'un moment, il s'est arrêté sous un pont, il y avait une vieille cabane à chiotte délabrée et des déchets partout et des mauvaises herbes. Il a ouvert la bouche et c'est sorti d'un seul coup.

— Je sais pas ce qu'elle te trouve ta ménagerie, mais elle te préfère à ma gueule.

Gio ne comprenait pas encore, Micek a poursuivi.

— J'ai hésité à savoir quoi faire, quand mon Atout m'a annoncé ce matin qu'il ne bosserait plus pour moi. Oui, Papillon ! Enfin, annoncé... quand je lui ai parlé de sa prochaine mission, il a fait non de la tête. Et encore non. Et il insistait le bougre. Et il est parti comme s'il venait de causer à un vulgaire sous-fifre, et pas à quelqu'un qui serait Micek. Ce n'est pas convenable tu es d'accord ?

Gio a senti des vibrations dans la cicatrice et jusque dans le dos. C'était brutal et acide, comme jamais, peut-être qu'elle était en train de lui faire une nouvelle béance, ou qu'elle entamait le travail pour devenir autre chose. Mais ce n'était plus tout à fait la même et ça lui faisait une sensation de peur qu'il partageait avec les mots du patron.

— Alors le petit sauvage me refuse, et voilà que ta belle en rajoute et me claque une heure après un genou dans les parties, dans les parties Gio, si c'est pas déshonorer un homme ? Et pourquoi ? Je me serais mépris et ça serait pas plutôt à elle d'être honorée que je l'approche de près ? Parce que son petit cul est réservé, qu'elle répond. Il est pour celui qui sera son feu d'artifice, qu'elle dit. Moi, je peux lui en payer une par jour de ces festivités. Elle a pas voulu. Et pourquoi elle a pas voulu ? Parce qu'elle est pour toi, Gio, le géant de la savate. Et elle me dit ça à moi, moi Micek, le roi des Voyageurs. C'est moi le bon vouloir. C'est moi qui refuse ou qui accepte. Alors, comment tolérer, ça, mon garçon ? Peut-être que j'ai réagi comme le taureau piqué par la mouche. Peut-être que j'ai bondi un peu vivement. On a beau être fort… Ce que c'est que la contrariété Gio, tu connais ça je suis sûr… J'ai mes grands combats, mais je suis un homme, et j'ai parfois la faiblesse des petites batailles. Je demanderai à la Vierge Noire de me guérir de mon orgueil, mais avant ça, je vais devoir me soulager d'une dernière chose.

Micek sort une arme à feu et il la pointe sur la tempe de Gio, il ordonne, il dit à genoux. Alors Gio se met à genoux, parce qu'il s'en fiche d'être installé comme ci ou comme ça, il remâche les phrases de Micek pour être sûr qu'il a bien compris.

— Je vais t'anéantir, continue Micek, parce que de cette façon, j'aurai débarrassé mon esprit de la vexation. Et Papillon et la gamine de la seule chose qui les a empêchés de tourner correctement. Parce que, mon analyse Gio, Papillon, c'est à toi qu'il pense quand il veut arrêter le boulot. Il fait ça tellement mieux que tout le monde. Mais il a l'impression qu'il te déçoit, toi, avec ta pensée d'outre-tombe, tes yeux lents et tes mots qui ne viennent pas, tes histoires de nuit et de chouettes. Je te connais. Je sais que tu leur as raconté des fadaises sur la destinée. Papillon se rêve en bon gosse débarrassé des démons. Et Dolores en petite femme. Mon cul, Gio ! Sans compter la vieille qui leur a mis les idées en vrac. Donc je te libère du poids de la vie et ils sont libres à leur tour, tu en dis quoi ?

Gio baisse le nez, il pense à la gamine et ses souliers roses. À ses pêches dans le wagon, à sa robe chez Grand-Mère et à l'espoir. Il pense à Papillon qui marche avec sa gaieté dans les rues de la capitale. Et puis au bout d'un moment il lève le museau, et Micek n'est plus là. Il est parti. Et à la place, il y a le grand Isaac, posé là comme par magie. Gio est tenté de lui sourire, mais Isaac soulève son chapeau pour se gratter les sommets et il a les yeux gris.

— Vous m'avez mis dans une position inconfortable, toi et tes mômes.

Il renifle bruyamment. Gio se relève doucement. Isaac lui tend la main, pour l'aider.

— Tu m'as l'air bien sonné monseigneur. J'imagine que t'as pris plus fort que mes poings cette fois-ci.

Gio le regarde, et il est comme tétanisé. Fixe de l'intérieur. Tout ce qui bougerait en lui viendrait juste dévoiler encore un peu plus l'ignoble de l'évidence.

— Les mômes Isaac...

Isaac secoue la tête, l'air de dire qu'on n'y peut plus rien.

— Je dois les sauver Isaac, c'est moi qui dois faire ça, je dois les sauver, dis-moi où ils sont ?

Isaac secoue la tête de nouveau.

— Mon garçon, Micek a aussi envoyé du monde pour eux. C'est trop tard. Je crois pas que tu puisses sauver qui que ce soit désormais. C'est comme ça.

Il attrape Gio par le col, parce que le géant commence à

grogner, pour Gio c'est comme une rage et un désespoir qui viendraient fêter leur mariage sur le dos de la cicatrice.

— C'est le destin, mon garçon, et tu n'as pas les moyens de t'en payer un autre.

Gio retombe sur le sol. Il pourrait hurler mais il ne sait plus que chuter au-dedans. Tout se désagrège. Tout s'effondre en lui comme des berges mangées par le vent et le courant fort de pluies mauvaises ; et bientôt, ce qui était solide n'est plus qu'une boue qui annonce des ravages. Gio ne peut plus rien retenir de lui-même.

Il se tourne néanmoins vers Isaac et il comprend enfin qu'il n'est pas juste venu lui annoncer la fin du monde.

— C'est toi qui dois te charger de moi ?

Le grand voyageur hausse les épaules.

— Micek a dit qu'il aimerait bien me voir faire un peu mieux que ce que j'ai montré dans la bagarre, l'autre fois. J'ai dit que je pensais pas en être capable. Alors il m'a donné ça.

Isaac soulève la redingote et montre un gourdin court.

— Il ne voulait pas d'arme à feu, il m'a dit, tu vas effacer son visage de sa petite gueule bien comme il faut. En échange, il me fait quitter mon poste à l'entrée du camp pour me loger dans sa garde rapprochée. Bon Dieu, rapprochée de quoi…

Isaac jette le gourdin loin, dans l'eau. Gio se tourne vers Isaac.

— Tu n'avais pas besoin de ça pour me démolir.

— Je ne vais rien démolir mon garçon, je te propose un arrangement.

— Comment ça ?

— Ne me demande pas comment c'est possible qu'on ait de l'affection pour les uns ou pour les autres. Mais ça arrive. Et je n'ai jamais fait pire que de rosser un camarade ou deux. Le sang, c'est pas fait pour moi.

Isaac contemple ses poings.

— Il va falloir que tu m'aides sur ce coup mon garçon.

Gio ne parle plus. Il regarde, loin derrière Isaac, le visage de Papillon mangé par les nuages, et celui de Dolores, qui se confond petit à petit avec le ciel.

— Je vais devoir dire que tu as salement trépassé, et que je t'ai jeté à l'eau ou je ne sais quoi. Mais il faut que le travail soit fait. Parce que si c'est pas fait, c'est moi qui vais manger mes dents avec l'estomac si tu vois ce que je veux dire. Alors je te demande d'accepter de filer d'ici comme un fantôme et de ne plus revenir, jamais. Est-ce que tu peux faire ça pour moi mon garçon ?

Gio se tait. Il se met face à Isaac et de toute façon il n'a plus les mots, parce que tout continue de s'entrechoquer en lui et se briser encore et encore. Mais il demande une chose, une seule. Avant de partir, il doit voir les mômes. Il ne fuira pas sans dire au revoir. Les sentir, une dernière fois. Et se coller leur parfum jusqu'au fond de l'âme.

Comme on naît

1

Gio pousse un hurlement, c'est un cri de bête, et dans le wagon, personne ne l'entend autrement. Le cri se perd dans le vent qui souffle depuis des jours. Il tourbillonne sous le train, cogne au plancher et secoue les parois du wagon. Gio sent son air glacé qui pousse jusqu'à lui, et attaque ses tempes plus durement que le bois de sa couche.

La neige impose son règne à l'extérieur, mais, au froid, Gio a dit, comme aux autres, si tu veux me tuer, tue-moi. Le froid s'est rué sur lui. Pour finir lui aussi s'est fatigué avant Gio, qui est toujours là, hurlant et gémissant, exilé dans un autre monde.

2

Au début, Gio était seul. Il était monté dans un premier wagon, au hasard d'un train, sans réfléchir. D'autres trains et d'autres wagons avaient suivi. Il avait dormi sans couverture à l'arrière de convois, sous l'œil de surveillants ferroviaires que son état avait convaincus de ne pas jeter par-dessus bord, alors que c'étaient les ordres, et après ils faisaient la compétition entre eux, et celui qui avait le plus de bascules ne payait pas sa tournée. Et puis sans doute qu'il serait cané au matin, vu ce que ça souffle et ce que ça tombe. Au matin il avait disparu. On le retrouvait à bord d'un autre container ou sur une plate-forme à braver le vent, à s'accrocher à la ferraille avec les doigts crispés sur des tiges de métal.

Gio essaie de bouger un peu. Il remarque qu'on lui a enroulé des tissus autour des mains. Et autour des pieds. Il se relève à moitié et il croise le regard d'un vieux trimard qui hoche la tête, l'air entendu. Gio ne veut pas sombrer, il craint de retrouver les cauchemars, mais il n'arrive pas à remonter, il tombe encore, il tend la main comme quelqu'un qui se noierait, mais personne ne nage là où il coule. Il a oublié la nuit, les chouettes, tout le reste. A-t-il mangé depuis le départ ? Il se souvient juste avoir croqué dans un oiseau mort congelé, un jour de dalle, et avoir vomi un autre jour où il avait le corps plus que vide. Pour les autres Gio est devenu le Fou Hurlant, une légende des transcontinentaux. On dit que des trimards cherchent son train juste pour le rencontrer et dire qu'ils ont voyagé avec le fantôme des rails. Et comme les surveillants le laissent tranquille, et les douanes aussi, et la police, ceux qui ont le courage de venir s'approcher de son tombeau ferroviaire sont finalement un peu plus tranquilles qu'ailleurs. D'autres ont préféré sauter au milieu de nulle part pour échapper à l'atmosphère atroce qu'il distille.

3

Gio entend au loin des hommes, ils parlent du blizzard qui souffle. Et lui revoit le visage de Blizzard et il a l'image de Papillon sautant dans ses bras. Et il se remet à hurler. À hurler.

4

Il entend au fond de lui-même la voix de Dolores qui dit *Gio, Gio,* et c'est la première fois qu'il la rencontre. Du temps a passé depuis qu'il l'a quittée avec ses yeux. Mais parfois, même le temps, c'est pas assez.

5

Et puis, c'est arrivé.

Gio ouvre les yeux et tout à coup c'est comme le rideau d'un boui-boui qui s'ouvre au matin. Il croit que ce sont ses yeux qui grincent, mais non, ce sont les freins qui s'opposent à l'élan ferroviaire. La locomotive doit ralentir à cause d'un passage à niveau ou autre chose. Ça fait remonter dans le wagon une odeur de rouille. Gio essaie de se redresser un peu. Mais impossible de s'asseoir. Il jure intérieurement, qu'est-ce qu'il a pu fiche de sa carcasse pour qu'elle soit grippée à ce point-là.

Il se repousse du sol aussi bien qu'il peut, les bras raides comme des triques, sans puissance, et soudain assaillis par des fourmillements infernaux. Il se colle le dos à la paroi du wagon et sa tête tient à peu près correctement. Les fourmillements s'étendent, inexorablement. Son corps hurle en silence. Mais si ça ne le tue pas, alors, ça passera. Il force pour lever un bras parce qu'il veut toucher la cicatrice elle ne vibre plus. Ses doigts tétanisés s'accrochent à une tignasse longue et sale et il ne comprend pas comment il a pu acquérir d'un coup autant de chevelure, peut-être c'est un cadeau de Papillon. Il veut frotter ses yeux pour aider à la mise au point. Mais une autre sensation l'arrête, les poils drus d'une barbe longue comme un chiffon, il en perçoit la pointe en rentrant le menton.

Puis, enfin, il les voit. C'est presque une famille, tassée en face, à le guetter comme des trappeurs dans une grotte au réveil de l'ours. Gio veut parler, mais sa bouche est incapable de moudre du son. Il bouge les lèvres et articule des choses dans sa tête mais rien qui sonne, sa pensée a perdu le chemin pour sortir. Il baisse le nez et se racle la gorge et ça fait des choses gutturales.

Les autres le fixent, combien sont-ils, quatre, cinq ? Ils ont des yeux avides, ils attendent quelque chose. Mais quoi ? Gio lève une main, c'est pénible, pour les saluer. Ils lui rendent un hochement de tête incrédule.

Gio force et force encore et il parvient enfin, et c'est comme s'il faisait des gargarismes avec du sable de maçon, à murmurer deux mots.

— Comment va ?

6

Les mots ont traversé un gosier sec, et Gio se met à piacher mollement, la bouche sans salive, comme on déguste avec prudence ce que l'on n'est pas sûr d'aimer. Une femme qui l'observe s'avance vers lui, à quatre pattes, et elle tend le bras pour lui proposer sa gourde. Ils se font face, et Gio la regarde, immobile, et puis il est happé par ses yeux et il trouve que c'est tellement doux. Il en reste fixe, soudain, comme un choc sans avoir pris de coup. Ça lui bouscule les pensées trop loin, alors, comme une folie, il embarque un sac, celui qui était glissé sous son bras, et il se jette hors du train.

Une masse d'air le fouette et il se retrouve comme un fétu de paille. Ça le fait rouler et valser et, dans cette danse, il y a comme une nécessité qui lui malaxe l'ossature et le redresse avant de le coller au bord des rails, dans des taillis denses. Le roncier épais s'insinue dans les mailles des vêtements et ça perce de partout, Gio est sonné. Il reste là un moment à batailler encore pour comprendre ce qu'il a fichu.

Il enlève quelques épines à sa carcasse. Ses jambes flageolent, voilà qu'elles lui refont le coup de la danse de la réa. Il n'a pas l'énergie de marcher et ça fourmille de plus belle. Mais il marche, parce qu'il n'a que ça à faire.

Un peu plus loin, le sol est flasque, et humide, sans être marécageux. Ses pas font une mélodie spongieuse et il entend non loin l'écoulement d'un ruisseau. Gio se laisse guider par le son et il traverse une forêt, et le ruisseau apparaît derrière un gros chêne. C'est un petit cours d'eau qui file entre les arbres, et parfois s'accorde une pause près d'un renfoncement sablonneux. Gio s'y agenouille et il attrape l'eau avec ses mains et il se débarbouille et il se souvient qu'on ne doit pas boire l'eau des ruisseaux mais il ne sait plus pourquoi, alors il se rince la bouche avec et il recrache. L'eau réveille les mains et il voit partir dans le courant des résidus de crasse. Ils disparaissent dans les éclaboussures et les chocs avec de petits rochers noirs.

7

De l'autre côté du ruisseau il y a un champ. Gio traverse et il se baisse pour éviter le piège d'une clôture barbelée distendue et il s'engage dans la prairie d'herbe. Des vaches sont rassemblées sous un arbre, au sommet d'un monticule inattendu. Comme si la terre avait décidé de pousser là un bourrelet. Et de cette hauteur, Gio n'arrive pas à grimper les flancs, parce que ses jambes sont raides et qu'il est gauche encore de son sommeil. Alors il se met à quatre pattes, comme les bêtes, et il lui vient au nez l'odeur de l'herbe et des pâquerettes et ce sont des choses simples et ça lui remet de la sève en route dans les muscles. Il se jette le nez au sol et il hume et il fait le même son que les vaches qui soufflent fort à ses côtés et qui le négligent et c'est quelque chose qu'il aime.

Quand il arrive tout en haut il s'assied contre le tronc et c'est un arbre qui doit bien avoir quelque puissance pour avoir poussé là, et dominer ainsi tout un monde. La vue s'étend au loin et Gio distingue des fermes et un village ou le début d'une ville, il n'est pas sûr. Il tremble de tous ces gens proches, et encore du souvenir du regard doux de la femme trimard. Il se lève et les vaches le regardent, cet inconnu à la verticale dans le champ, et elles commencent à rouler de gros yeux et à hocher de la hampe et à meugler et Gio les imite et elles se rassemblent autour de lui. Il a l'impression d'être un roi seul.

8

Gio descend tant bien que mal de la colline et il se dirige vers la ville. Il a les jambes raides et les mollets qui tiraillent et son corps a encore du mal à envoyer le sang partout où il faut nourrir l'effort. En marchant, il caresse la cicatrice, et il essaie de la réveiller, mais elle reste muette. Il ignore si c'est une blessure morte, une plaie guérie. Mais qu'est-ce que ça peut faire.

Le voilà dans les rues, c'est bien une ville, il y a un panneau qui dit son nom à l'entrée, avec d'autres choses à lire pour ceux qui savent, Gio, lui, il ne sait pas. Il doit y avoir un charabia pour décourager les trimards et les vagabonds de venir quémander du pain, un repas installé, ou une baignoire pour se souvenir du corps sans la poussière de la route. Gio pense qu'il va être cueilli par un policier, qui lui dira encore une fois de faire demi-tour pendant que la loi ne regarde pas.

En fait de ville, c'est surtout une grande rue droite et flanquée de maisons pauvres et de commerces fatigués et il y a des gens qui le regardent passer, et aucun ne sait qu'il est la légende des intercontinentaux. Gio marche au milieu de la rue principale et elle n'est même pas pavée.

La première maison est celle de la police, elle est fermée. La seconde c'est la mercerie et des femmes sont debout devant, et elles interrompent leur conversation quand il passe, et Gio commence à avoir des larmes qui montent et qui poussent au bord des yeux. Il se tient et, fixe, il veut ignorer celles qui le guettent, mais il les devine quand même, il imagine des parfums, des odeurs de mère où se mêlent le travail, le lait, les noisettes et la pâte cuite au four, et la colère et l'exigence aussi. Des robes de coton épais et des dessous. À droite, à gauche, il y a des maisons, des fenêtres, qui laissent apercevoir des choses, des choses de maison, et ensuite, plus loin d'un côté, l'épicerie avec des fruits en devanture, des mouches et des plaies noires sur les joues des pommes, et des guêpes qui tournent, et le lierre qui a commencé à grimper sur la façade.

Gio entend comme en rêve le bruit des sachets de biscuits au gingembre qui se déchirent, les bocaux sous les doigts qui glissent, et on n'arrive pas à les ouvrir mais le Père lui, il y arrive toujours. Il entend les macaronis qui tombent en pluie dans l'eau bouillante, le café en grains dans le moulin, et puis il sent maintenant le vin aigre dans les verres, l'huile de tournesol qui a un peu ranci mais c'est pas grave, et il devine, dans les poches, des mouchoirs à carreaux et des petits couteaux pour blesser le pain et le fromage.

Gio pleure, et il marche, ses pieds traînent trop sur le sol et ça fait une nuée de poussière blanche qui vient teindre ses guiboles jusque sous les genoux. Une maison encore, et des enfants, le nez à la fenêtre. Des enfants. Gio pleure, et pleure encore, et à chaque fois qu'il croise quelqu'un, c'est comme s'il continuait de mourir, et il s'enfonce, et personne ne comprend qui est ce vagabond, cet homme hirsute, pleurant dans la Grande Rue, et se détournant des regards, comme s'il avait quelque chose à cacher.

9

Combien de temps Gio a marché avant d'atteindre la grande baraque. Des petites fenêtres à l'étage. Il y a un banc devant et des affiches avec un homme noir et musclé, il a des gants de boxe et on annonce une date pour un combat et d'autres affiches dessinent pareillement des corps, dans la rudesse de l'effort, et des hommes ramassés derrière des mitaines épaisses. Gio ne sait pas pourquoi, mais il pense qu'il va y trouver Isaac, alors il pousse la porte et il arrive dans une grande salle. Il y a des gars qui sautent à la corde et d'autres qui râlent et ahanent et maltraitent des sacs lourds suspendus à des murs de béton lisse et au milieu un ring avec des cordes lâches et deux hommes qui se tournent autour.

Gio avise un tout petit monsieur qui est là et il a les mains posées sur un bâton mais ce n'est pas une canne, il jurerait que ce n'est pas une canne. Il a l'air si réduit dans sa salopette de fermier et il braille des choses que Gio ne comprend pas.

Alors Gio s'approche et il murmure pour s'adresser au vieux, il y met si peu de volume que le type n'entend pas, il lui faut quelques minutes pour se retourner enfin et contempler le géant vagabond et sa barbe mouillée et ses yeux d'enfant qui fabriquent de l'eau sans se lasser. Et Gio tombe à genoux, il a l'air d'un fou implorant.

— S'il vous plaît, dit Gio, faites-moi mal.

Et il s'effondre, en pleurs, aux pieds de l'ancien.

Comme on s'incarne

1

Le gars feinte, une esquive à droite, il baisse la tête, amorce un crochet puis décale les hanches pour changer de pied d'appui et lancer un coup par au-dessus pour tenter de déborder la garde de Gio. Gio pare avec le gant d'une pichenette et il avance d'un pas, l'autre est déséquilibré, Gio place un jab, puis un autre, il enchaîne avec un uppercut. En face, le boxeur a eu le temps de se ramasser et de bloquer avec les avant-bras. Il est maintenant recroquevillé derrière ses gants comme s'il attendait que Gio attaque encore, mais Gio préfère temporiser, et souffler, et il recule de deux trois pas pour ramener la bataille au centre du ring. Il reprend sa garde comme le lui a appris Henrique. Le vieux bougonne, il va encore lui trouver des noms pas chrétiens si Gio attend la castagne avec l'air de rechigner à l'ouvrage. Gio balance le buste de gauche à droite pour amorcer des feintes de corps, et il vient tester son adversaire avec quelques directs. Puis il enchaîne encore deux jabs, une droite et un crochet pendant que le boxeur réplique avec un fort coup au foie. Gio ramasse la sentence sans broncher. Son partenaire baisse les bras un instant, il croit d'abord la victoire acquise, mais comme Gio fait toujours face, il hésite sur la suite à donner, et se contente de danser d'un pied sur l'autre.

Le coach siffle entre ses doigts.

— C'est bon les gars on arrête là.

Il fait glisser la serviette-éponge qu'il porte autour du cou et il la jette au partenaire de Gio, qui file aux vestiaires tête basse. C'est un ouvrier agricole solide, il s'en remettra. Il devait participer à un combat dans deux mois contre un cultivateur d'un autre canton, l'arrivée de Gio a mis le bazar dans les plans.

Le coach a le menton posé sur son bâton. Henrique est Cubain, il peut dire des choses en espagnol quand les gars font pas ce qu'il faut. Et sa tige, c'est un bout de la rame qu'il a utilisée pour traverser la mer, il l'a gardée pour se rappeler ce que ça lui a coûté. Gio trouve que ça ne ressemble pas à une rame, mais après tout, un homme peut donner le sens qu'il veut à un bâton.

Le coach ne dit rien, il a les yeux qui clignotent. Gio attend la sentence.

2

L'histoire d'Henrique, d'après certains, c'est qu'il aurait été pro dans son jeune temps. Il combattait surtout entre des cordes clandestines pour des paris illégaux, et c'est ça qui lui aurait donné la force de grimper jusqu'au podium national. Sur un coup monté par un bookmaker, qui voulait faire gagner le poulain d'un bourgeois du sucre, il avait eu l'orgueil de boxer sincère. Il en avait perdu un genou à coups de gourdin, un soir sur un trottoir, c'en était fini de la boxe. Alors il avait pris la mer pour partir, et quand il était arrivé ici, la seule chose qu'il savait faire, c'était encore d'expliquer comment cogner correctement. Il avait pris un peu d'argent chaque semaine avec les leçons de boxe, qui aurait voulu autrement d'un boiteux dans son personnel.

Sa vraie histoire, assurent les autres, c'est qu'il aurait fui son pays à cause d'une femme convenable et qu'il avait préféré mettre ses *cojones* à l'abri. Arrivé ici, où il ne connaissait rien, il avait passé trop de temps à s'oublier derrière une bouteille de bourbon, jusqu'à se faire prendre par une Cadillac un jour qu'il titubait en pleine rue.

— Gio, dis-moi mon grand ?

— Oui coach ?

— Tu as fait des progrès ces derniers mois, n'est-ce pas ?

— C'est sûr, je me sens plus à l'aise avec les jambes.

— Oui, oui… Mais, il y a cette chose qui me turlupine, Gio.

— C'est quoi coach ?

— Pourquoi tu n'as pas paré ce coup au foie ?

Gio défait ses lacets au bord du ring. Il se met pieds nus. Puis il commence à faire tourner la corde à sauter pour récupérer doucement.

3

Quand Henrique s'était trouvé face à Gio, la première fois, il avait laissé passer un silence long comme un round. Dans le club, tout le monde s'était figé. Henrique avait bougé, soudain, pour saisir Gio par le bras, et toujours sans un mot, il l'avait obligé à se mettre debout. Puis il l'avait emmené aux vestiaires et il l'avait aidé à se déshabiller.

Il l'avait collé là, nu, sous les douches et il avait apporté un gros pain de savon, et Gio obéissait sans discuter, il avait commencé à se laver et il n'en finissait plus de se décrotter et le savon faisait partir des plaques crasses, et son corps retrouvait un peu d'air. Henrique était parti avec les frusques de Gio, et il avait mis tout ça dans une poubelle dehors. Puis il avait fouillé dans l'armoire du vestiaire, et trouvé un survêtement de sport d'une équipe universitaire, les étudiants qui venaient s'essayer à la boxe et ne revenaient jamais finissaient toujours par en oublier un ou deux. Il avait attrapé le plus grand, celui d'un blanc-bec dont le père faisait dans la culture de la betterave, ou peut-être c'était du fourrage, qu'importe, le survêtement était grand et ça irait bien pour dépanner, ils iraient chez Suzy plus tard.

Il avait retrouvé Gio hagard sous le jet d'eau et il avait coupé le robinet en maugréant. Il lui avait donné une serviette en regardant son corps qui était sec et musclé et parsemé d'un alphabet de cicatrices indéchiffrables. Gio s'était frotté avec la serviette comme un type qui tâtait pour trouver son corps, et non comme s'il le sentait sous ses pattes. Puis il avait enfilé les vêtements. Et Henrique avait dit suis-moi, et Gio s'était mis dans ses pas.

Henrique l'avait emmené chez Twist, le barbier, c'était un type rond comme un bon vivant avec des rouflaquettes et l'accent du Sud. Enfin d'un sud, Gio ne savait pas lequel. Il avait un tablier Denim et des ciseaux dorés et il faisait mousser du savon quand il avait aperçu Henrique près de la porte puis il avait ouvert de grands yeux en voyant Gio avec ses cheveux de trimard et sa barbe qui lui vaudrait l'asile si un policier ou un médecin passait par là.

— Qu'est-ce que c'est que ça ?

— C'est arrivé chez moi. Je m'en tiens garant autant qu'on peut l'être. Tu peux me le débarbouiller et m'en faire une apparence d'homme ?

— Je suis pas Dieu, Henrique.

— T'es un bon gars, Twist, tu me ferais un prix que ça m'arrangerait. Je suis pas sûr que celui-ci puisse financer la dépense.

Twist hésitait. Puis il avait fait un geste du menton et désigné le grand fauteuil de cuir marron. Gio s'était installé là, sa tête dépassait de trop. Twist l'avait barbouillé de mousse et il avait d'abord coupé puis rasé sa barbe et enfin il avait collé sur ses joues une serviette chaude. Et Gio avait le savon qui était remonté dans ses narines et il espérait que ça remonte encore plus loin, tellement plus que ça lave son intérieur et la saleté qui tenait sa cicatrice en étau.

Ensuite Twist avait joué du ciseau et Gio avait vu ses cheveux faire un tapis au sol. Twist vaporisait un peu plus d'eau, coupait encore et taillait plus profondément et il avait sifflé en dégageant la cicatrice. Et pour finir il avait dit et voilà, et il avait montré à Gio sa trombine dans le miroir. Il ressemblait tellement au Gio d'avant, celui qui n'avait jamais pris le train. Il avait ensuite enlevé le grand drap qui faisait une cape et Gio s'était mis debout et il s'était tourné vers Henrique, presque comme s'il allait retrouver là le visage du Père, un Père qui aurait tripoté son amulette et acquiescé, avant de jeter un billet sans un mot, et de partir au-devant. Mais c'était Henrique, et Gio était gêné de si peu connaître quelqu'un à qui il devait déjà tant. Henrique avait payé. Twist était allé chercher un balai et il avait commencé à faire un tas des poils de Gio, une montagne noire, et Gio espérait qu'il brûle tout ça.

4

Après Henrique avait dit qu'ils allaient chez Suzy, qui tenait le store de la Grande Rue. Ils y étaient entrés avec le tintement d'un carillon et le son s'était envolé dans l'espace tellement le magasin était grand avec des longueurs de rayonnages et d'étagères, avec des choses pour les champs, la chasse, et pour ce qu'il y a à faire chez soi. Suzy était rousse, mais comme si ses cheveux avaient attrapé un coup de soleil impossible à apaiser. Elle avait aussi du feu dans le regard. Le souvenir de la jeune fille qui savait jouer aux allumettes dans le visage las d'une femme qui en avait vu d'autres. Gio et Henrique se sont approchés du comptoir où elle avait déployé un immense gilet sans manches pour un client au gabarit sérieux.

— Celui-là, tu vas pouvoir y caser ton gras, Ernst. Et si tu peux pas, tu diras pas que c'est la faute de mon gilet, chéri. C'est du beau tissu ça, tu peux travailler avec sans avoir peur que ça filoche au premier accroc.

— C'est pas le travail qui me fait peur, c'est que Debby me demande de me réconcilier avec les vêtements que j'ai déjà et que pour ça elle me colle au régime.

— Essaie-le tranquillement, moi, je vais servir le champion. Alors Henrique, tu nous ramènes un nouveau punching-ball ou bien ?

— Celui-là est tout neuf, tellement neuf qu'il débarque de la lune. Dis-moi, Suzy, c'est comme qui dirait un neveu qui vient me visiter mais il s'est fait voler ses affaires à la gare, tu sais comme ça craint en ville maintenant. Bref, il est à sec, alors en attendant qu'il se refasse un peu de monnaie en travaillant, est-ce que tu aurais moyen de lui faire une avance pour un honorable trousseau de jeune homme ?

Suzy avait calé son poing sur sa hanche, puis elle avait toisé Gio, et il avait vu de la réprobation dans son air et aussi des étincelles dans ses yeux.

— Il a pas l'air en forme ton neveu, Henrique. De quel côté de la famille tu m'as dit qu'il venait déjà ?

— Je te l'ai pas dit, Suzy.

Et les deux étaient restés à se fixer doucement et sans haine, mais par défi quand même. Suzy avait finalement claqué la langue.

— Bon je dois pouvoir piocher dans les vieilleries qui me restent et te faire une ou deux tenues pour pas cher. Tu dis qu'il cherche du travail ?

— Oui.

— Il pourrait m'aider à vider la réserve. Je dois faire de la place pour agrandir le magasin. Et j'ai personne avec moi, tu sais ce que vivent les femmes seules aujourd'hui, Henrique.

— Non je ne sais pas, mais j'imagine, Suzy, j'imagine. Merci pour le neveu. Il sera là demain à six heures, n'est-ce pas gamin ?

Gio avait hoché la tête.

— Et comment il s'appelle, le neveu ?

Henrique avait marqué la surprise, puis il s'était tourné vers le géant. Et Gio avait regardé les deux avant de comprendre. Et il avait marmonné avec sa voix grise :

— Gio, je m'appelle Gio.

— Enchanté, Gio, Suzy.

— Et moi c'est Henrique, avait dit le vieil homme.

Et les deux avaient éclaté de rire.

5

Gio s'était levé tôt pour aller chez Suzy. Elle l'attendait avec une chemise nouée au-dessus des hanches, et un jean trop serré, et elle lui avait montré la remise, une grande bâtisse avec une lourde porte à deux battants en bois cloutée, peut-être ça avait servi pour remiser du foin à une autre époque. Il y avait des caisses et des cartons tant et tant et il fallait qu'il transporte tout ça dans le pick-up, et ensuite direction la décharge pour jeter tout le bazar, comme elle disait, ça ne valait plus un kopeck. Suzy conduisait à chaque fois et elle faisait la conversation. Elle essayait de savoir d'où il venait et s'il avait passé Noël avec Henrique, et s'il avait eu des ennuis avec la police. Et puis vers midi, Gio avait presque vidé tout le débarras et il avait eu chaud. Suzy avait dit qu'il pouvait enlever son tricot et elle avait beaucoup regardé quand il s'était mis torse nu, et elle avait sifflé en disant que ça c'était un corps d'homme ou elle ne s'y connaissait pas. Elle lui avait amené une bière de gingembre bien fraîche, et elle s'approchait un peu trop, et au bout d'un moment elle avait dénoué la chemise, et Gio avait vu ses pêches et elle ne s'attendait pas à ça mais il s'était mis à chouiner comme un innocent, parce que ça lui faisait penser à d'autres pêches, qui n'étaient plus là pour mûrir et devenir les fruits d'une femme en chemise.

Suzy l'avait renvoyé et elle s'était plainte à Henrique en disant qu'il avait des faiblesses dans sa famille et que des boxeurs qui rechignaient à honorer une femme devaient se poser des questions ou alors il avait perdu ses couilles sur le ring, qu'elle avait dit. Henrique ne comprenait pas bien et il avait dit à Gio j'aurais dû me méfier Suzy est pas commune, dommage que je sois trop vieux pour elle.

6

Les semaines étaient passées, Gio avait continué à vouloir se perdre entre les cordes, et son regard était devenu un peu plus vide. Il évitait d'aller en ville, il redoutait de croiser des enfants. Henrique le consolait, il lui faisait des plats de Cuba et il le saoulait parfois au vieux rhum pour que Gio se change un peu les idées, et Gio n'aurait pas pu tomber plus loin dans le malheur, alors c'est pas un verre ou deux qui allaient avoir raison d'un si grand gaillard.

Quand il était gris, Gio racontait des choses, qu'il ne pouvait plus aviser quiconque, surtout pas des enfants, ça lui faisait trop de souffrance, et il voulait un désastre dans son corps, un grand, qui lui fasse enfin mal, et là au moins il comprendrait pourquoi, mais Isaac avait pas réussi, alors pourquoi des boxeurs ne pourraient pas y arriver ? Une autre fois, il avait évoqué Papillon et Dolores et il disait que sa folie était venue avec la mort des deux gamins, qui étaient sa seule famille. Mais même avec le rhum et la tristesse il n'en disait pas plus. Henrique, qui savait reconnaître un vrai malheur, mettait alors Gio sous son bras et il l'attirait à lui et il lui chantait dans sa langue des berceuses du pays. Il lui préparait le riz aux tomates et aux épices et parfois il ajoutait un steak. Il avait installé un matelas pour le géant dans la véranda, il le retrouvait presque tout le temps, au matin, assis dehors, à regarder le ciel.

Plusieurs fois il l'avait surpris comme ça aussi en pleine nuit, dans la même position, perdu dans les étoiles. Gio lui avait expliqué qu'il attendait la chouette et qu'il ne savait pas pourquoi elle ne venait plus. Henrique sortait son banjo et il jouait d'une nuit sur l'autre les mêmes airs, sous la lune.

7

Gio en est devenu incapable de boxer. Derrière les gants, l'idée même d'une caresse appuyée l'emmène au purgatoire. Alors, molester un bougre... Il ose à peine tourner sa trogne vers Henrique, et s'il le fait et le regarde dans les yeux, c'est pour dire pardon, s'excuser d'être autant de problèmes en même temps.

Un jour, Henrique l'appelle, Gio est en train de passer un coup de balai et Henrique lui dit de grimper sur le ring et il le suit et avec son genou c'est pas simple de passer les cordes. Henrique enfile les gants, et il les lace sommairement, en tirant la ficelle avec les dents, et il dit ça ira bien comme ça. Et Gio ne comprend pas, il dit, mais je vais pas tirer contre vous, mais Henrique se met en garde et il roule des épaules, et il dit c'est pas parce que tu me toises de plusieurs coudes que je vais pas pouvoir t'en coller une ou deux. Et son visage change net et Gio ne l'a jamais vu ainsi, comme s'il était statufié.

Henrique est devenu une volonté refermée sur elle-même, une détermination. Et Gio ne sait pas comment aborder ce bloc d'homme qui est comme un père pour lui désormais, par la force du soin qu'il lui a offert. Gio s'attendait à ce que ça se paye et ça ne s'était toujours pas payé. Le vieux boxeur claudique et s'approche en faisant s'entrechoquer les gants. Et il ne commence pas d'abord à jouer et à titiller Gio avec des jabs, non, il lance tout de suite deux directs fulgurants et il est rapide alors Gio ramasse et il est tétanisé et il ne peut pas quitter le regard du vieux. Il y cherche quelque chose qui ne s'y trouve plus et il comprend que la bonté a été remplacée par des yeux de guerre. Et le vieux cogne et Gio souffre et il se sent soudain béni d'avoir, enfin, droit au mal, et le vieux cogne encore et Gio baisse la garde et Henrique lui file une trempe.

Dans le gymnase les autres se sont arrêtés pour regarder ça et c'est pas un spectacle humain, Gio qui saigne et il s'est agenouillé et maintenant il est à bonne hauteur pour les assauts d'Henrique qui cogne encore et encore et ils pleurent maintenant, tous, à voir le visage de Gio ramasser et rougir à plein et goutter de l'arcade, du nez, de la lèvre. Quand le vieux s'arrête enfin il est si essoufflé que les sanglots qui viennent pourraient le faire mourir dans l'instant.

— Et là, fils, tu as mal ? articule Henrique.

Gio pleure comme un môme. Il n'aurait pu dire à personne ce que comblait cette douleur qui se manifestait enfin.

— Merci, coach, qu'il dit.

Et Henrique s'approche de lui en tremblant, et il prend Gio dans ses bras comme si c'était un oisillon, et il se colle du sang sur le tricot et tout le monde s'en fout.

— C'est moi qui te dis merci fils, parce que je sais bien qu'il faut aimer un peu, pour avoir mal.

Comme on s'élève

1

Depuis qu'Henrique lui a donné la cabane, Gio vit à l'écart et c'est très bien comme ça, aussi pour lui éviter des histoires. Suzy l'a pris en grippe, et elle fait courir des bruits pas convenables. La cabane est différente de celle qu'il a connue avec le Père et la Mère. Là, c'est juste un long rectangle, quatre murs avec un poêle, une table et deux chaises et un vieux fauteuil, un lavabo et une armoire bancale, et puis un lit simple, étroit, casé dans un coin avec une couverture de laine et des vieux draps décolorés. Ça suffit pour Gio et il n'a rien apporté de plus.

Henrique avait pensé à installer ici son protégé parce qu'il s'était résolu à croire qu'il n'y avait plus de solution dans la ville pour un garçon aussi torturé. Il ne pouvait pas faire plus que continuer à être là pour lui, et il sentait que Gio avait besoin d'une solitude qui lui laisserait le temps de trouver son chemin à lui. La cabane, il l'avait achetée il y a plusieurs années, elle était perdue en haut sur les collines, à trois kilomètres à pied de la ville. Quand on était dedans, on ne voyait que des arbres et encore des arbres et du paysage comme si rien d'autre n'était de ce monde. Il s'était dit que ça prendrait peut-être de la valeur, à terme, et que dans tous les cas ça irait bien pour lui un jour ou l'autre. Il avait réparé la toiture, installé un poêle et il avait passé les murs intérieurs à la peinture blanche pour faire propre, et ça l'était. Le plancher aurait peut-être mérité un coup de ponce, mais pour y rouler des godillots, c'était pas la peine de faire du raffinement et il était plutôt content que tout ça serve enfin. Et il ne savait pas bien expliquer le comportement de Gio, mais quand il l'avait remonté là-haut, le géant avait longuement contemplé les murs et il avait fini par hocher la tête et demander à Henrique s'il avait des craies de couleur.

— Des craies de couleur ?

— S'il te plaît.

Il avait bien un peu d'appréhension que Gio se mette à fiche en l'air la peinture. Mais il avait pour ce gamin une sympathie qui ne se justifie pas et il lui aurait donné sa chemise, sans doute, sans faire de difficulté ni de discours, s'il avait fallu.

— Des craies, bon, ça doit se trouver... Tu peux rester là, évidemment, comme tu l'entends. Mais tu comprends que tu es toujours le bienvenu en bas ? Je ne te mets pas dehors. Je voudrais juste que tu sois bien là où tu es.

Gio avait senti un déchirement à l'idée de quitter le coach. Mais c'était ça, il était temps. Il avait peur que son esprit à lui finisse par noyer la maison et Henrique et la véranda et que ce soit trop tard ensuite pour sauver le vieux boxeur. Henrique avait promis de lui apporter un peu de gras, en contrepartie de quoi Gio devrait entretenir le terrain autour, et empêcher les ronciers et les orties de tout coloniser. Il lui avait montré des outils, c'était dans un appentis qui sentait le Père.

2

Le pick-up remonte l'allée et s'arrête devant la cabane. Gio a reconnu le moteur du vieux tacot d'Henrique et il attend que le coach entre dire bonjour mais non, l'engin s'est remis à ronfler et la guimbarde est repartie. Henrique a laissé un paquet. Il y a du pain frais et du fromage et une bouteille de rhum et aussi du riz aux tomates dans une gamelle et un bidon d'eau pour tenir plusieurs jours et surtout des craies de couleur. Gio les attrape et les serre contre lui et il pense à Papillon et ses craies et son œuvre et lui ne fera jamais aussi beau, mais il essaiera, de reprendre et terminer le travail de Papillon, parce que c'est ça qu'il doit faire, sur les murs blancs de la cabane.

De retour dans la bicoque, Gio a ouvert le paquet et sorti les craies, les unes après les autres, et il les a étalées devant lui, et il a joint les mains, et il a filé près du lit fouiller dans son sac à dos, et il a ramené la figurine de la Vierge Noire. Elle a pris des outrages et elle a gardé des traces de sang. Maintenant, le petit est sans doute avec la Vierge Noire parce que la Mère disait qu'elle peut vous transformer en ange quand vous avez le cœur pur. Et Papillon n'était pas pur, au sens où il avait tué des gens, mais il l'était dans un autre sens que Gio ne sait pas expliquer.

3

Gio mange peu, alors quand Henrique lui livre le pain, la gamelle de riz et des boissons, ça lui fait un menu pour plusieurs jours. Gio a commencé quelque chose en s'installant dans la cabane, c'est de dégourdir la cicatrice, de plus en plus. Il reste là, sans rien faire, pour qu'elle reprenne sa place, doucement, sans contrariété. Le jour, il regarde longuement les murs blancs. Et la nuit, il grignote son singe dehors, et il attend que ça revienne.

Et ça revient. Petit à petit, comme en accord secret avec la plaie, qui fait son travail, et lui le sien, chacun de son côté.

Un soir, Gio est dans son lit, et il ferme les yeux et il se transporte aussitôt sur le toit de la cabane. Ce n'est pas seulement qu'il l'imagine. Il ressent. L'air froid. Le vent doux. Il peut regarder la toiture et il voit chaque ondulation de la tôle et même quelques feuilles éparses et une araignée qui dévale soudain la pente. Gio se met debout et il guette la clairière autour, et à l'autre bout du toit, la cheminée fumant des restes d'un feu de poêle. Quelques lumières clignotent dans l'obscurité, des maisons. Le halo jaunâtre de la ville fait un dôme stupéfiant dans le ciel noir. Les étoiles en pointillé. Gio tourne la tête vers le ciel et il s'élève doucement, il commence à survoler la cabane et il se sent maladroit et il a peur encore de chuter, il veut voyager et il a les yeux encore trop amoureux du sol et de la pesanteur.

Les soirs d'après, Gio attend la chouette, il espère mais elle ne vient pas. Tous les soirs, il file s'allonger, et en s'endormant, il laisse son esprit s'envoler et voler de plus en plus haut, jusqu'à planer sur la ville, de mieux en mieux. Il n'a qu'une seule volonté, et c'est de tourner la tête vers le ciel, et filer pour de bon, tout en haut. Et il verra bien s'il peut redescendre, ou si son esprit se perd à jamais dans les étoiles. Il a tellement fait le vagabond parmi les hommes, pourquoi n'aurait-il pas le droit de faire pareil dans les étoiles ? Et retrouver Dolores et Papillon. Gio se demande souvent pourquoi il pense tant à eux deux et si peu au Père et à la Mère. Pour la Mère, peut-être qu'il a l'impression qu'elle a cané entre de bonnes mains pour ainsi dire. Et pour le Père c'est comme si c'était dans l'ordre des choses et ça ne bouscule rien en lui.

Souvent, il leur parle. Il refait les gestes du langage de Papillon et Papillon lui répond et il sent le bras de Dolores qui arrive dans son dos, et il n'a jamais été enlacé aussi doucement, sauf peut-être avec la fumée blanche.

Quand il les retrouvera dans le ciel, c'est son travail désormais, il les serrera dans ses bras. Quand ce sera fait, il prendra son mouchoir et il leur lavera le visage. Parce que, quoi qu'il arrive, c'est sûr qu'ils ont toujours un visage.

4

C'est impossible d'oublier la fresque de Papillon. Le gamin était presque au bout quand il a été mordu au cœur pour de bon. Et personne d'autre ne l'avait vue que Gio et le meurtrier de Papillon, qui ne s'en était pas ému, qu'il aille aux enfers.

Gio s'y est mis un soir, éclairé par quelques bougies. Il regarde longuement le plus grand mur. Laisse la cicatrice vibrer un peu, se dégourdir, et lui remettre en tête le dessin. Papillon avait commencé par la voiture et le chien des origines et Gio s'efforce de retrouver son mélange de couleurs avec du violet, du marron et ça voulait dire passer les craies les unes sur les autres pour faire de nouvelles couleurs ou à peu près. C'est un nouveau voyage, ça aussi, qui prend toute la concentration. La cicatrice tire et son cerveau s'éteint d'un coup.

5

Gio se réveille au milieu du jour ou de la nuit, peu importe, il ne cesse plus de dessiner sinon pour aller par ses rêves, et retrouver ainsi la fraîcheur des étoiles et s'obliger à préparer son cœur mieux encore. Puis il grignote et il n'entend même pas quand Henrique se glisse dans la maison, attrape les draps pour les laver et aussi les vêtements de Gio.

Alors Gio reste nu comme un premier homme pour continuer le dessin. Henrique ne pose pas de questions, mais il a fini par en parler en bas dans le village, de l'œuvre que Gio est en train de travailler. Comme un peintre italien il a dit, comme si son protégé était inspiré par des maîtres de l'ancien temps, et il est sans doute aussi fier qu'un peu inquiet. Gio, lui, dessine, et il respecte à la lettre la façon de Papillon. Parfois il éternue à cause des craies.

Puis, Gio contemple le chantier, il met les poings sur les hanches comme un contremaître, et il avise les flammes autour de la voiture et tout en bas, partout, comme l'enfer qui guette et qui chauffe au cul chaque seconde. Faire les flammes ça lui avait pris du temps, il en avait recouvert tous les murs, avec du jaune, de l'orange et du rouge et il a bien dû manger deux paquets de couleurs juste pour faire ça.

6

Il est arrivé un matin. Gio, à demi réveillé, entendait couiner dehors, alors il était allé ouvrir, par curiosité, et il y avait un chien, assis là, sur le paillasson, raide comme pour jouer l'éducation. Il avait soudain basculé le museau vers le ciel pour se frotter vigoureusement l'oreille de la patte arrière, avant de recouvrer sa posture sage, face à Gio, mais en regardant ailleurs. Gio, penché vers l'animal, s'était lui aussi gratté le crâne, et au bout d'un moment il s'était dit qu'il n'y avait rien à faire, c'était juste un chien errant et il ferait sa vie, alors il avait fermé la porte et il était retourné à ses affaires.

Mais voilà qu'il entend gémir encore. Dehors, le chien est toujours là, assis à la même place, tête basse avec les yeux du pardon qui se posent ici ou là, et qui donnent l'impression de négliger l'homme alors qu'ils s'assurent de sa présence et de son intérêt.

Le chien, c'est un bâtard avec un poil brun et un peu gris, et noir, enfin il a quelque chose du loup et du chien mais on ne saurait dire quelle part a pris le dessus. De grands yeux noirs et c'est sans doute beaucoup plus doux que tout ce qu'il a rencontré ces derniers mois.

— J'ai rien à te donner, camarade !

L'animal reste immobile et Gio pousse un peu la réflexion, puis il va lui chercher le fond de la gamelle de ragoût qu'Henrique a déposée la veille. Le chien se jette sur les restes et lèche avec soin. Et voilà qu'il vient se coller dans ses pattes, la bestiole n'est pas ingrate, elle est bien fichue de s'enticher de lui en imaginant qu'il va lui garantir des facilités d'épicerie.

— Je suis déjà moi-même nourri par quelqu'un ! Je n'ai pas les moyens de te prendre à ma charge !

Gio se dit que s'il est lui le chien errant d'Henrique, alors il n'y a pas de raison qu'il refuse un peu de soin à son tour au seul prétexte qu'il aurait maintenant une œuvre à accomplir et pas de fortune. Alors il laisse la porte ouverte, et il retourne s'asseoir près de la Vierge Noire et il regarde où il en est du dessin. Le chien s'approche prudemment, une patte après l'autre dans la maison, la truffe au sol pour vérifier qu'il n'y a pas là quelque désagrément. Les chiens sont comme ça, ils reniflent les emmerdes. Comme le Père, mais lui ne doit plus renifler grand-chose, pense Gio. Le chien est venu sentir la Vierge. Gio se tourne vers lui.

— On n'y met pas le nez, camarade. Pour ta peine, je vais t'appeler Camarade. Et je vais t'expliquer que la Vierge, elle est faite pour le cœur, pas pour la truffe. Enfin la Mère aurait dit ça.

Et il se tourne vers la fresque. Il a achevé les flammes et elles sont belles, et pointues, comme simplifiées c'est ainsi que Papillon les avait conçues, il n'avait pas besoin du détail pour faire ressentir l'incendie. La voiture, ça avait été difficile, car Papillon avait peut-être l'instinct de l'art, mais Gio, lui, ne comprend pas bien les proportions, et avec les craies, on ne peut pas trop effacer. Alors il se met à la place du môme, et il imagine que Papillon est là qui tient la craie, et Gio est immobile pour ne pas perturber le lien, et ça rend les choses faciles, il ne sait pas pourquoi. Il a fait la Ford et le chien qui a l'air à la fois méchant et tendre.

— Tu as vu Camarade ? C'est un cousin à toi, le protecteur de Papillon. Tu n'as pas connu Papillon, c'était un petit sauvage, comme toi.

Le chien lui fait les yeux tendres, puis pousse de son museau pointu sous le coude de Gio. Gio ouvre le bras et attrape le chien par le ventre, puis il lui flatte la patte arrière, et il se rend compte que c'est la première fois qu'il se retrouve aussi proche d'un être vivant. Camarade lève le museau vers lui pour réclamer d'autres caresses. Et Gio cède parce que, les chiens, c'est ainsi. Ça vous amène au partage sans faire de chichi. Gio sent la chaleur de la bête contre son flanc. Il ferme les yeux un instant parce que ça fait remonter d'autres histoires de chaleur. Et soudain Dolores et Papillon ne sont plus très loin.

7

— Il se pourrait que je pleure, le chien. Si tu me vois avec des larmes, ne t'en fais pas une inquiétude. Je pleure presque chaque jour la disparition de deux créatures que tu n'as pas connues, Papillon et Dolores. Je vais les dessiner, mais plus tard, tu sais ? Je vais devoir les mettre sur ce mur alors que je cours après la joie de les voir juste là, près de moi. Il y a des demi-vivants, comme moi. Et il y a ceux qui sont tout à fait morts, tu comprends ça, Camarade ?

Le chien grince et s'étire et s'allonge près de Gio. Alors le géant se lève et il se colle au travail. Dans son souvenir, tout à droite de la voiture, Papillon avait dessiné la première guerre avec Bill et Bello, et Gio et lui qui couraient. Il dessinait les corps avec des traits noirs, mais là Gio vérifie, et il n'a pas de craie noire.

— Viens Camarade, on va aller faire un feu, il nous faut du charbon.

Pendant qu'ils marchent dans le bois alentour, pour amasser du fretin qui ira nourrir des étincelles, Gio pense aux chevaux, parce que sans doute la présence d'une bête en appelle une autre. Et les canassons lui manquent, pour sûr. Peut-être que Camarade ne va pas rester longtemps non plus. Mais pour l'instant, il marche dans ses pas, renifle et pisse contre des buissons. Gio le regarde et ça lui donne l'envie de se libérer un peu aussi. Il revoit le Père, qui disait que c'était le plaisir des hommes libres, d'arroser n'importe où. Alors Gio se met à uriner aussi et le chien le regarde comme s'il avait affaire à un fou.

— On peut pas y aller par petits jets à droite à gauche comme vous autres ! s'excuse Gio.

Gio a trouvé un vieux fût métallique, derrière la cabane, près de l'appentis. Il le traîne au milieu de la clairière, le redresse, puis il le fait tourner pour égaliser un peu le sol, au-dessous, et lui assurer de la stabilité. Il fend quelques branches épaisses, à l'aide d'un gros couteau à bâtonner, puis organise son foyer au mieux, tout au fond. Il y met le feu, avec un peu d'amadou qu'il a coincé dans les brindilles les plus fines, et ils attendent maintenant que les grosses bûches s'embrasent. Gio remet ensuite le couvercle sur le fût, en laissant juste un filet d'air, pour que le bois se consume lentement. Il imagine que ça suffira pour faire le charbon. La chaleur du feu fait remonter l'odeur du chien, et Gio aime bien cette puanteur qui lui rappelle le voyage et la liberté.

— Tu schlingues comme un gars qui quitterait pas le wagon, Camarade ! J'ai connu ça. Peut-être que je t'emmènerai sauter dans la rivière un de ces jours. Mais si ça se trouve tu te mettras à sentir le nénuphar et la vase, au lieu de la route et des sentiers. Qu'est-ce que tu préfères ? Moi, je suis de la terre, pas des fleuves et de l'eau. C'est pas que j'aurais du mépris ou quelque chose. C'est que c'est pas bien mon élément. C'est comme ça. Je saurais même pas nager pour te sauver si tu tombais dans des courants.

Le chien lève le museau et le repose, comme pour acter la fin de la conversation. Alors Gio s'allonge et s'endort près du feu, près de Camarade, qui ronfle déjà.

8

Le soir est venu, Gio va fouiller dans les cendres, et il récupère deux blocs noircis qui s'effritent à peine sous ses gros doigts. Il les apporte près des murs, il a allumé des bougies aussi et il se dit que c'est étrange, ce lien du feu, les flammes pour la suie, la suie pour le tableau, les bougies pour éclairer le geste, tout est lié, et le bois mort qui fait le charbon pour dessiner la mort et qui est encore de la mort.

Gio frotte les charbons dans ses mains et il commence par dessiner avec l'index, ça fait un tracé épais, alors il alterne entre les griffures du bout des doigts et les traits à l'angle net d'un morceau qu'il a fendu, et il trouve son rythme pour esquisser les silhouettes et leur donner du mouvement. Il garde quand même les craies à disposition, pour la couleur, parce que le monde de Papillon était coloré de partout. Dans les guerres qu'il dessinait il y avait une force qui n'était pas celle de la violence, mais d'une sorte de joie, peut-être féroce à sa façon. Et une joie, c'est une joie. Papillon, c'est une histoire impossible à bien comprendre.

Gio entend le moteur du pick-up s'approcher et il comprend pourquoi Camarade est aux aguets depuis un moment déjà.

— C'est l'heure d'Henrique. Il vient apporter la cantine.

Le chien jappe et se lèche le museau. Puis il aplatit sa tête au sol entre les pattes, la couenne offerte au ciel, prêt à jouer.

— Vous avez un temps d'avance sur tout, vous autres.

Et Henrique ouvre la porte, tout doucement pour ne pas déranger, et il est surpris par l'aboiement. Il s'engage plus franchement dans la cabane, et le chien s'avance vers lui en aboyant.

— Nom de nom Gio, tu t'es trouvé un frangin ?

Et Gio acquiesce en aidant le vieil homme qui a les bras chargés. Le chien fait des bons pour se mettre à hauteur des possibles.

— Si j'avais su j'aurais amené de quoi nourrir cet engin… où c'est que tu l'as trouvé ?

— C'est lui qui m'a trouvé, Henrique.

— Alors ça fait une belle histoire à raconter.

Henrique s'approche de la fresque. Il siffle.

— Tu as bien avancé l'ouvrage mon garçon. C'est de l'art ou je n'y connais rien.

— Moi, je n'y connais rien.

— Je ne sais pas vraiment ce que c'est que l'art, c'est sûr, à part peut-être pour les gants, et encore…

— Il te reste à apprendre l'uppercut ?

Henrique s'esclaffe.

— On n'a pas fait le tour des choses en une vie, fils.

Gio acquiesce. Henrique l'observe, puis étudie le chien qui reste aux pieds du géant. Et il se sent comme une compassion pour les deux compères, et, surtout, ça lui donne une sorte d'apaisement pour Gio, cette compagnie qui est bonne et juste et simple, sans arrière-pensée.

Henrique s'en va flatter le chien.

— Tu lui as donné un nom ?

— Il s'appelle Camarade.

— J'espère que c'est pas un communiste cubain, cette bête-là.

Gio sourit mais Henrique a l'air sérieux.

— Coach, ce chien ne fait pas de manifestation, ni de grève, c'est juste mon camarade.

— Excuse-moi Gio, je ne vais pas gâcher l'amitié qui vient avec mes histoires qui s'en vont. Voilà de la bonne compagnie pour toi !

Le géant s'approche du vieil homme, et il fait cette chose et c'est qu'il le serre dans ses bras.

— Merci pour tout coach.

Henrique a la lèvre qui tremble.

Il s'en va.

9

La vie avec Camarade a rendu les choses simples et Gio remercie la Vierge Noire de lui avoir envoyé un ange gardien encore plus sincère que pouilleux.

— Toi et moi, nous sommes laids, sans doute. Deux bêtes dans une cabane. Qui a le plus de mérite, hein ?

Camarade a cette façon d'apaiser la tension du dessin. La fresque avait raconté la guerre du clan Belco, le train, elle avait montré ensuite la capitale et le quartier Est, les chevaux de Micek, la bagarre des deux géants et les putes de Grand-Mère. Papillon n'avait rien oublié de tout ça, et, à sa mort, il avait presque achevé son travail. Il lui restait juste à dessiner Dolores, Gio et lui-même tout en haut, au milieu. Au-dessus il avait fait des nuages et il avait dit à Gio que c'était le ciel du paradis qu'il devrait faire là.

10

Le moment est venu pour Gio et il doit maintenant dessiner Papillon, Dolores, et sa trogne. Il se sent à la fois épuisé, et en même temps il y a de l'épouvante parce qu'une fois qu'il aura terminé ça, il n'y aura plus rien à faire. Plus rien.

Un matin, il se lève, et s'oblige aux quelques pas qui l'amènent face au mur, pour se cogner au vide qui le défie. Une si petite tache dans le dessin. Un gouffre. Il a peur. Alors il esquive, reprend les nuages du paradis, tout en haut, il se dit qu'il pourrait aussi remettre du détail dans une guerre ou deux, ou mieux dessiner la baraque à putes du quartier Est, Papillon l'avait un peu négligée. Tout pour échapper encore aux retrouvailles avec les deux mômes dans la poussière des craies.

11

Gio s'effondre, il se roule en canard, et il se laisse attirer, loin dans le sommeil, par la lâcheté des simples. Ne plus voir. Ne plus sentir. Ne plus comprendre. Ne plus affronter.

Camarade vient s'allonger près de lui. Il lui rentre le museau dans les côtes, et Gio finit par ouvrir un œil, il attire le chien contre lui, et il se laisse bercer par sa puanteur, sa chaleur, l'aigre et le doux ensemble. Lui-même ne s'est pas lavé depuis un moment. D'habitude, il prend de l'eau du lavabo, met le bouillon dans un baquet dehors et il se frotte avec la flotte froide, qui lui rappelle la fraîcheur du ciel.

Le blanc du mur, c'est une autre affaire. Gio est comme tenté de renoncer à tout.

12

Un soir, Gio décide qu'il devrait amener Camarade avec lui dans ses voyages aux étoiles. L'inviter dans sa pensée, aussi fort qu'il peut. Au départ, ce n'est pas facile, il a mis tellement de temps avant de réussir à se soulever lui-même. Il essaie bien d'attraper le chien et de décoller avec, mais ça ne fonctionne pas, il tombe, il tombe de lourdeur. Alors il se fait une conviction généreuse et il prend Camarade contre lui, et il se met à regarder vers les astres et à filer avec lui à la verticale. Il lui cause, dans sa rêverie. Camarade, est-ce que tu sens l'air ? La pureté de l'air ici ? Veux-tu aller avec moi sur Vénus ?

Au réveil, Gio retrouve le bout de mur blanc et les craies.

13

Au village, son affaire a fini par provoquer des questions. Henrique, qui est si plein de fierté, a continué à parler de l'œuvre d'art de Gio, mais de Gio, les gens disent maintenant qu'il semblait surtout bien abruti, quoique fort en boxe, alors ils ne comprennent pas trop de quoi il retourne. Le bruit se met à courir que le géant qui cogne gribouille des choses étranges à la craie dans la cabane du Cubain, et les gens commencent à en faire une conversation et ça donne des histoires plus grosses que les dirigeables qui traversent l'Atlantique. Certains vont voir Henrique pour qu'il raconte mieux et le vieil homme est gêné, mais comme c'est trop tard pour le silence, il enjolive, comme on le ferait pour un fils. Mais plus il veut faire sa gloire, et plus il le rend étrange, étranger.

Et il y a Suzy, qui n'est pas encore guérie de sa vexation. Même si Henrique a fini par payer la dette, elle fomente des fables sur le fait que Gio est à la cabane parce qu'il a des choses à cacher. Et on connaît pas son passé. Et elle s'est laissé dire qu'il ne s'intéresse pas aux femmes, alors elle ne lui laisserait pas des enfants, tout ça, c'est louche.

14

Suzy a fini par décider de monter à la cabane pour se faire sa propre idée, ou pour trouver de quoi mieux médire, comment savoir. Elle s'est approchée discrètement, le chien l'a sentie et il s'est mis à aboyer. Gio s'en fiche, il est toujours recroquevillé sur lui-même. Suzy jette un œil par la fenêtre et elle voit la fresque et le dessin la frappe en plein cœur, parce que ce n'est pas une chose ordinaire. Elle hésite à toquer au carreau, à entrer. Elle demanderait à Gio s'il ne veut pas qu'elle enlève sa chemise, et peut-être que, cette fois, il y aura de la place pour ce désir qu'elle a, et qui est presque un attendrissement.

Mais c'est trop compliqué, et si peu clair, ce sentiment qu'il provoque, le grand boxeur que ses seins ont fait pleurer. Cette façon qu'il a de toucher à l'intérieur, et qui voudrait mettre quelque chose en mouvement. Si elle laissait faire ça, elle sent qu'elle pourrait le regarder dans les yeux, et voir un peu de ce qu'il voit lui. Et ce serait peut-être joli.

15

De retour en ville, Suzy a préféré raconter que Gio fait des diableries. Elle l'a vu de ses propres yeux, juré, il se roulait par terre les yeux exorbités et il avait un chien noir comme les enfers. Ce n'était pas vrai. Mais c'était mieux raconté ainsi. Est-ce que tout le monde ne fait pas ça, tout le temps ? Au magasin, dans la rue, quand on se croise le dimanche ? On embellit ou on salit. On exagère d'un côté ou de l'autre. Sinon, comment parler pour finir ? La vie est si morne : oui, aujourd'hui, j'ai fait les comptes de la boutique, c'est correct pour un mois d'avril mais j'espère que la chasse va donner un peu en gibier d'eau pour remettre du beurre car je dois aider mon grand qui a eu la drôle d'idée de partir à la capitale. Non, franchement, qui veut entendre ça ?

D'autres ont fait autant à sa suite. Il suffit de laisser faire l'imagination de chacun. Et voilà qu'on avait vu Gio manger de la viande crue devant sa fresque. Et peindre avec du sang frais des bêtes qu'il chassait dans les bois. Henrique démentait quand il pouvait. Mais personne n'a assez de force pour lutter contre une histoire.

Alors les gens ont commencé à aller régulièrement à la cabane en cachette. À profiter de la torpeur infinie de Gio pour regarder par la fenêtre et cracher sur les vitres. Camarade, qui voyait son compagnon naufragé par les cauchemars, gardait les lieux, il aboyait et grognait à chaque visite, et les gens redescendaient en disant que c'était vrai, Gio avait adopté un chien des enfers, plus grand que tous les chiens du coin, et plus noir qu'un loup, plus hostile qu'un gardien d'âmes mortes.

16

C'est le soir, et Gio mange une salade de maïs qu'a préparée Henrique. Henrique le gâte un peu plus ces derniers jours pour pardonner son excès de paroles, qui fait maintenant causer toute la ville. Il a même apporté un os à moelle pour Camarade, le chien l'a coincé entre ses pattes et s'offre un festin sous les constellations. C'est un soir doux et tiède, avec un peu d'air fort qui vient siffler dans les oreilles, et c'est peut-être un vent du Ciel car il dépose soudain la chouette tout près d'eux. Elle s'est posée sur le vieux bidon de métal, une grâce blanche et crème et tout engoncée dans une beauté touffue, qui brave la bise sans bouger.

Camarade se tourne vers Gio pour savoir ce qu'il faut faire. Gio est lui-même tétanisé. Puis il tombe à genoux, il se met à ramper jusqu'au bidon et il ne peut ni parler ni pleurer parce que, enfin, c'est ce soir, c'est le retour du message, et la chouette est maintenant si près de lui, si douce et si adorable dans sa robe de molleton. Elle promène son regard du géant avachi au chien galeux. Elle pousse un cri affreux, son cri de chasse, un grincement qui glace le sang et peut-être qu'il a figé à la ronde celui des mulots, des musaraignes et des campagnols, et un peu aussi celui des deux gosses qui se sont planqués derrière les arbres parce qu'ils voulaient jouer à se faire peur en allant voir le sorcier de la cabane, qu'ils disaient.

Le cri a fouetté Gio dans ses entrailles et c'est comme si le son avait coupé net une deuxième fois la ligne de la cicatrice. Bon sang, se dit Gio et il a l'impression que c'est la chouette, dans son élan, qui l'a redressé. La cicatrice étincelle. Il le sent. Elle s'est réveillée pour de bon et Gio ne sait pas bien quel est ce message que l'oiseau est venu apporter, mais sa présence a fait les choses.

Gio entre dans la maison comme pris par la folie et le chien jappe à sa suite et va fouetter de sa grande langue le fond d'une gamelle d'eau, puis il rejoint Gio qui s'est assis et tient la Vierge Noire dans ses mains. Gio la repose, et s'empare du charbon et des craies.

17

— Papillon, c'est du jaune et du vert, Dolores, c'est du rose, j'en suis sûr. Une femme rose avec de la douceur et quelque chose d'immense au-dedans. C'était une gamine et je l'ai longtemps appelée la gamine avant de savoir que c'était Dolores.

Gio laisse le souvenir révéler les traits. Ça vient, c'est comme ça. Le charbon dur qui assombrit les mains. Il essaie de ne pas les frotter sur le mur, parce qu'il ne faut pas gâcher leur scène à tous les trois, celle que Papillon avait prévue juste sous la Vierge Noire. Il se dessine lui-même comme Papillon l'avait vu, et dans la vision du môme, ils avaient tous la même taille.

— Il avait raison Papillon on était unis au point que ça faisait un, enfin trois, mais tous pareils, tu comprends Camarade ?

Avec du noir et du jaune, du vert, du rose, Gio dessine Papillon et son couteau, Dolores et ses pêches. Un mouvement dans le dessin raconte le lien entre les trois. Ils sont au centre de tout. Au cœur des guerres, dans toutes les intrigues. C'est ça que Papillon avait vu.

Gio s'effondre et il se met à sangloter.

— C'est pas que je suis tendre, Camarade, mais je sais pas résister à cette douleur, elle part du centre de la Terre et elle file jusqu'au ciel. Je n'ai pas trouvé les mots dans le monde des hommes, pour la dire. Mais peut-être que toi, avec ta mine de clébard qui entrave tout, tu peux comprendre.

Gio se mouche rapidement, puis va chercher la bouteille de rhum, et il boit au goulot. Dans la clairière, les gamins sont partis en courant.

18

Gio se lève et avec le charbon, il dessine une croix, au milieu du mur de gauche, là où avait été dessiné le quartier Est. Une petite croix. Et il se recule en tremblant et attrape la statue de la Vierge et il retombe.

— Tu vois c'est là qu'il est mort, Papillon. Pas dans le quartier, non. Le dessin, il l'avait fait chez nous, dans la capitale, sur les murs de notre boui-boui. Ça lui était venu un jour de voler des craies je ne sais où, je me demande si ce n'était pas à des filles qui avaient ça pour un jeu sur le sol. Tu sais, Papillon, il se maudissait lui-même, depuis des semaines, je le sentais. Tu n'as jamais vu Micek, le roi du Voyage, eh bien c'est ce type-là, avec une petite moustache de corsaire, et il n'avait rien de bon. Il avait trouvé que Papillon était son atout. Il l'appelait comme ça, l'Atout, on va créer la légende de l'Atout, vous allez voir.

Gio se colle la bouteille à la bouille et boit au goulot. Il tousse.

— À ta santé mon Camarade.

Il verse un peu de rhum dans sa main et la fait lécher au chien.

— Tu aimes ? L'Atout, c'était l'arme que Micek ne voulait partager avec personne. Il avait capté l'instinct de mort de Papillon et il avait continué à lui faire croire que c'étaient des jeux de gosses et qu'on allait encore en rire, comme quand il avait planté son couteau sur la table du bar, chez Big Frankie. Bref tu vois, il avait formé Papillon pour qu'il devienne un tueur de premier rang et c'est ce qui s'était passé. La capitale c'est grand, mais au bout d'un moment, tout le monde connaissait cette histoire, l'Atout, un tueur impitoyable dans la peau d'un môme inoffensif, qui ne craignait pas de s'approcher de ses cibles au point de se les faire au couteau. Micek a fait disparaître des concurrents, des ennemis et d'autres on ne sait pas pourquoi, peut-être juste par amusement.

Gio avale une autre gorgée. Camarade s'est assis face à lui et il lève la patte.

— Oui, viens, on est ensemble, mon ami. C'est sûr. Mais tu vois Papillon c'était qu'un petit bout d'homme, il avait consommé toute sa sauvagerie et en ville, il avait vu des enfants jouer à des jeux d'enfants, sortir de boutiques belles comme des Noëls, avec du bois verni et des couleurs qui réconfortent. Il avait vu des mères et des pères et des choses comme ça. Alors sa guerre à lui elle s'est terminée sur un désespoir abominable. Il a commencé à dessiner, parce qu'il supportait plus la violence. Il pouvait plus rien encaisser de ce côté-là, je ne sais pas, c'était juste bon qu'à le faire tomber dans la mélancolie. Alors il a pris les craies, et il a poussé des meubles et il a commencé son dessin. Tellement plus beau que celui-ci. Tellement plus beau, si tu savais Camarade comme c'était beau.

Gio se lève et va observer les étoiles. Le ciel a trop de nuages, et même la lune peine à projeter une lumière diffuse. Il boit en silence, puis retourne près du chien et montre un détail de la fresque.

— Là c'est Dolores. Je peux pas t'expliquer Dolores. Au départ, elle avait pas de nom, ni de parole, la gamine. Quand je l'ai rencontrée la première fois elle était en train de branler le Père. Tu sais je rentrais de l'hôpital et j'en étais sorti pas bien malin. La gamine, elle ondulait, et elle était belle, mais avec moi, comment te dire, ça marchait pas. Je voulais pas être un homme, je voulais être une chouette, je voulais me fondre dans la nuit. Ça m'a pris à l'hôpital cette histoire, c'est plus fort que juste de la survie. C'est rejoindre le vrai monde, tu vois ?

Le chien écarte ses mâchoires.

Gio s'oublie dans trois-quatre gorgées de rhum. Et murmure.

— Dolores, je me rappelle le son de sa voix. Son premier mot, c'est mon nom. Et j'ai vu ses yeux. Et sa bouche, ses oreilles. Ses cheveux et la peau sur les joues, et le cou, tu sais pas ça, toi, truc à poils, mais chez nous, une femme, le cou d'une femme, c'est l'endroit où tu voudrais aller te planquer pour toujours. C'est un nid pour sentir le parfum, la douceur et ça file sur cet os, là horizontal, merde ce que c'est beau. Dessous, il y a les pêches. Celles de Dolores, c'est indescriptible, mon vieux, tu troques dix ans de soupe pour voir ça. Et tu sais pas dire pourquoi c'est beau. Mais merde, c'est beau, ça efface tout, les guerres et les morts. Et les mots.

Le chien s'endort et commence à ronfler. Gio lui malaxe les côtes gentiment.

— Me laisse pas seul avec mon histoire mon vieux. Maintenant que t'as pointé ton odeur ici, reste avec moi.

Camarade vient renifler sa main, alors Gio lui refile un peu de gnôle.

— Tiens, bois. À ta santé mon vieux. Je suis pas doué pour les choses de l'amour et je savais même pas que ce que j'avais pour Dolores c'était un truc comme ça. Je veux dire, pas un truc ordinaire. Enfin qu'est-ce que j'en sais.

Il renifle.

— Et elle sans doute qu'elle en avait pour moi, mais moi, j'avais la tête au ciel, alors on s'est cherchés comme ça en se ratant. Un coup elle tendait une main et je voyais pas. Alors la fois d'après je lui filais ma pogne, mais elle la boudait. Et c'était notre manège et notre façon de pas nous lâcher trop loin. Mais Micek, lui, Micek, merde alors... il avait vu en Dolores un joli lot. Un butin de chef.

Gio lampe une dernière fois la bouteille de rhum, s'allonge et lâche un rot. Il balance la bouteille derrière lui.

— Le rhum, ça vous envoie je ne sais où... faut garder les idées claires Gio. T'as vu, le chien, que je me parle à moi-même avec de francs conseils !

Il s'approche du mur et caresse Dolores sans la toucher.

— Avec Dolores, c'était comme un voyage à la mer, chaque minute. Quelque chose, tu vois, personne peut te voler ça. Et Micek il l'avait compris. Il avait manigancé pour foutre la trouille à Grand-Mère, qui voulait pas lâcher la petite.

Sans doute que, d'abord, il la collerait pas au bordel, tant qu'il s'en serait pas lassé lui-même. Mais Dolores lui a fait un drôle de coup parce qu'elle s'était mise à avoir peur de ses hanches alors elle les domptait avec des grandes phrases. Et au début elle avait un peu minaudé avec Micek, elle montait à cheval avec lui, il la sortait et c'était le grand jeu, et ça lui a sans doute un peu tourné la tête à la petite, mais Grand-Mère lui a filé une rouste en lui disant à quoi tu joues, c'est maintenant que tu choisis entre ton cul et ton avenir.

Gio laisse passer un silence.

— Est-ce que moi j'aurais pas choisi trois jours de luxe ? Ces mecs-là, ils sont forts. D'un coup, ils font de toi quelqu'un. Une dame ! Je dis pas ça pour toi Camarade, je sais bien que t'es un beau mâle. Et moi pareil. Mais être une dame, c'est pas rien, et elle, elle avait jamais connu que les branlettes dans les cabanes. Moi, est-ce que j'aurais eu le courage de braver Micek ? Ben Dolores, elle l'a eu mon vieux. Quand il a voulu avoir plus que sa main et qu'il a essayé de prendre les pêches et son cul le tout pour un dû qui coûterait rien, elle lui a dit non, qu'elle était pour moi.

Gio commence à sangloter. Il lui vient une écume au bord des lèvres qui a le goût de glaise de ses cauchemars. Il s'essuie avec sa manche.

— Elle lui a dit qu'elle était pour moi. Et moi, pendant

ce temps, je veillais sur Papillon, la nuit il faisait de la fièvre, j'avais peur qu'il ait une maladie à la mode, il dessinait, tant que tant. Et tu sais quoi Camarade, on est liés sur le dessin, alors que dans la vraie vie, sans crier gare, on a été coupés, Micek a tranché les liens.

Le géant caresse le chien des deux mains, en partant du crâne et en descendant vers la nuque. Ça fait à Camarade des yeux si exorbités que Gio en égare un sourire. Le chien tourne la tête pour lécher encore les mains de Gio, qui les lui abandonne. Et Gio tourne un œil lugubre vers le tableau.

— Je sais pas comment t'expliquer la méchanceté, mon Camarade. La vraie méchanceté qui te fait du tort sans raison, et qui coûte rien à celui qui t'en cafarde la journée. Là, c'était une méchanceté pour la vie. Une méchanceté pour toujours. Pas de la canaille que je connaissais, ni rien.

Gio tousse et Camarade prend la mine inquiète.

— Te bile pas Camarade, je vais tenir. Tu sais, Micek, il me l'a dit ensuite, que c'était trop tard. Il me restera toujours la honte de leur refus, Gio. Et moi, mon monde, ce n'est pas l'amour et l'apaisement, c'est le pouvoir, ça veut dire prendre ce qu'il faut pour grandir. Alors merci, mon géant, car avec toi, je vais grandir beaucoup. Et je vais grandir en te faisant un grand mal, un très grand mal, je m'en rends bien compte. Mais imagine ce qu'on dira de Micek dans le quartier après ça !

Gio semble faire un effort surhumain pour se lever et il va remplir la gamelle d'eau du chien. Il se penche et, lourd, maugrée en voyant déborder le récipient. Camarade renifle l'eau, lape un peu, puis se lasse et retourne près du dessin, où il sait qu'est sa place.

— On a voulu me sauver et on m'a dit de partir, mais il fallait d'abord que je voie. J'ai trouvé Papillon dans notre boui-boui. Tu sais, on l'avait punaisé sur son propre dessin, un pieu dans le corps. Mais qui fait ça ? Qui fait ça à un môme qui était en train de se guérir de sa sauvagerie ?

Gio a envie de se rouler en boule et de laisser son corps, il tient, à peine.

— Dolores, je te dis pas comment ça s'est passé. Il faut juste que tu saches qu'elle est partie elle aussi et que je vais aller les chercher tous les deux dans les étoiles.

Gio s'endort.

Comme on s'envole

Gio se réveille au crépuscule du soir. Il ouvre les yeux et il s'étire et même Camarade a l'air de vouloir faire le tapis jusqu'à la fin des temps, comme s'il ne tenait pas le rhum lui non plus.

— Allez mon vieux fais voir ta bonne humeur !

Gio s'étire de nouveau et il se lève et ce n'est pas évident, il va lui falloir une cafetière complète pour retrouver ce qu'il faut de lui-même. Il s'approche de la cuisinière et glisse quelques bûchettes dans le foyer et case un peu de papier journal et allume le papier et ça commence à flamber. Il referme la porte le temps que le feu prenne et chauffe la plaque, pose la bouilloire dessus et prépare le filtre. Puis il jette une poignée de grains dans le moulin et commence à tourner et se laisse dorer le cerveau avec l'odeur de la mouture qui tombe au fond. Il pose le moulin.

Il s'approche de la fresque. Il doit encore dessiner la Vierge Noire, au-dessus d'eux. Il saisit la statuette et la regarde.

— Je ne sais pas pourquoi tu me fais peur, tu es comme la peur d'un mystère et de l'obscurité, et en même temps je peux dire que je t'aime, c'est vrai.

Il la glisse dans sa poche et s'empare des craies, il les fait sauter doucement dans sa main, et d'un coup il y a une déflagration et c'est une pierre qui a traversé la vitre de la fenêtre proche de la cuisinière. Une deuxième pierre suit le même chemin et renverse la bouilloire. Gio regarde Camarade qui grogne et aboie en direction de la porte. Gio a commencé à mettre sa concentration dans le dessin, alors il n'a pas envie d'être dérangé. Il s'approche quand même de la fenêtre et il aperçoit des lumières comme des flammèches dans la nuit tombante, et des gens, partout.

Il ouvre grand la porte et met une main au-dessus des yeux pour se faire une idée.

Il y a un silence imposant dehors mais Gio sait que là, c'est une discrétion qui est embarrassée par quelque chose. Gio distingue mal, des gens s'avancent au flambeau et il reconnaît Suzy qui le montre du doigt.

— Ça suffit les bizarreries et la sorcellerie et toutes ces manières ! Faut décamper d'ici maintenant. C'est la bonne heure pour le faire avant qu'il arrive du malheur.

Gio ne sait pas quoi répondre. Il pense aux chouettes

et il se dit que si tout le monde sait ça ne peut faire que des bizarreries pour eux. Il veut les oublier.

— J'ai à faire.

— Avec le diable, on sait !

Un brouhaha prend dans la clairière, qui prétend que tout file de biais depuis qu'il est arrivé avec ses cheveux sales, il aurait même contaminé les réserves d'eau potable. Chacun y va de son histoire et de ses injustices et on dit que des enfants ont vu qu'il faisait des rites avec les chouettes et d'autres choses pas chrétiennes.

Gio est pris par une urgence qui est de ne pas perdre de force dans la réponse et l'argument, il doit encore dessiner la Vierge Noire et terminer Papillon. Alors il fait cette chose, il hausse les épaules. Une fois, deux fois. Il retourne dans la cabane et tant pis pour le café et la bouilloire. Camarade aboie après la foule, se colle à son genou et lui emboîte le pas.

À l'intérieur, Gio ne traîne pas, il commence à tracer du noir avec le charbon, et doucement et en essayant d'évacuer quelque chose, qu'est-ce que c'est, de la colère ou de l'incompréhension, il ne sait pas dire. Il ne se passe pas beaucoup de temps avant que les pierres n'atterrissent de nouveau dans la bicoque et Gio est ennuyé pour Henrique qui va devoir changer toutes les fenêtres, et cette fois Gio ne pourra pas aller travailler chez Suzy pour payer.

Au bout d'un moment, Gio n'entend plus les cris et les invectives mais il sent une odeur qui lui rappelle des choses et c'est la fumée et en se retournant il voit que quelqu'un a mis le feu au rideau en jetant une torche et tout le monde crie, en disant il va sortir maintenant le rat. Mais Gio n'a pas envie de sortir parce que même les rats ont leur liberté.

— Camarade, je crois qu'il est temps que tu retournes à ta vie, dehors. Moi je dois rester pour finir ici le dessin.

Alors Gio, en se protégeant d'un bras des flammes qui gagnent, ouvre la porte et il entend des gens dire, ah voilà, il sort, il sort. Mais Gio en fait n'avance plus, il est saisi par le regard de Camarade, qui ne bouge pas. Alors Gio s'accroupit et il prend le chien dans ses bras et il le serre doucement contre lui, et emplit ses narines de sa cruelle odeur.

— Viens, on va sauver Papillon et Dolores, on va dessiner.

Et Gio ramène la nuit sur la Terre, la nuit jusque dans le jour et les étoiles, il les tire ici-bas, il mélange les mondes dans ses couleurs, les lumières fusionnent, et c'est tout.

Autour c'est un chaos qui naît, il commence à se faire des fumées qui font bien pire que piquer les yeux comme quand le Père voulait faire cuire un porc ou quelque chose qui se mange doré. Là c'est plus un poison qui abîme le souffle mais Gio est trop pris par le dessin et il s'applique pour tracer les yeux de la Vierge Noire, et son bras avec un index qui montre le ciel.

Gio fait pareil, il lève l'index.

Puis il fait cette chose étrange et imprévue et c'est qu'il dessine des étoiles et un ciel et, à la craie blanche, il termine par un mouvement flou, comme une ombre crème, pour mettre aussi la chouette sur le tableau, et il pense que Papillon ne lui en voudra pas d'avoir mis un peu de lui dans toute cette fresque. Et puis, encore, tout en haut, près de Papillon, Dolores et Gio, il efface un peu de ciel pour dessiner Camarade.

— Tu as ta place dans l'histoire, avec nous, mon vieux. Regarde comme on te reconnaît, mais je ne peux pas faire ton odeur. Renifle la craie, ça sent juste quelque chose de la terre.

Camarade approche sa truffe des mains du géant, et il souffle fort à cause des poussières.

Quand il a fini le dessin, Gio se recule un peu pour voir et ça crépite dans son dos, des choses tombent sans doute et ça y est, le dessin de Papillon est achevé, alors Gio se sent comme fatigué pour toujours et il tombe sur ses propres guiboles. Camarade gémit et il pleure en regardant autour, il vient lécher le visage de Gio. Et Gio ne voit plus grand-chose car la fumée lui donne le tournis. Dans ses mains le charbon, il s'en fait des traces de guerrier sur le front et sur celui de Camarade et il regarde la noirceur dans ses paumes et les flammes et il se dit que c'est dommage que personne ne verra jamais le dessin de Papillon. Mais il restera bien assez de bois dans ce monde pour faire du charbon et de nouvelles fresques.

C'est là que la chouette est arrivée.

Elle s'est posée sur son bras. Et ils sont tous partis.

Gio suit la chouette, elle va trop vite il lui dit qu'il n'est pas habitué à voler à cette allure et qu'ils sont déjà hauts les flammes ne vont pas leur claquer au cul comme ça et en plus il doit porter Camarade alors ça le ralentit. Il n'y a plus que la fraîcheur et l'odeur de la nuit, le sucre, ça sent le miel des pins et le raisin d'ours et la bruyère sauvage, la mousse et l'opulence des champignons. Bientôt la terre est loin il le sent et ce n'est pas grave parce que rien n'est grave et il n'est pas sûr mais peut-être qu'il va retrouver Dolores et Papillon et qu'il pourra enfin être un grand frère digne de ce nom pour le petit et il le laissera plus faire de bêtises et pour Dolores il voudrait autre chose. Puis la chouette disparaît et Gio continue à voler loin, plus haut et il est en joie, car il ne pensait pas qu'on pouvait aller si haut, si loin, et il y a toujours de plus en plus d'étoiles. Et puis Camarade a commencé à se débattre il n'en pouvait plus d'être porté mais Gio a tellement peur qu'il tombe mais le chien bouge et il est remuant alors il s'échappe, et il vole lui aussi. Il se met à voler avec Gio et il lui rend un regard tendre et Gio est dans une joie nouvelle alors il dit à Camarade :

— Tu as vu ça mon vieux, deux chiens dans les étoiles !

Et il se renifle et il est rassuré car il sent toujours le clébard lui aussi. Et il continue d'approcher des lumières insensées et des paysages immenses et il attrape dans sa poche la statuette de la Vierge Noire et il se dit qu'il pourra la redonner à Papillon.

Comme on recommence

D'abord Henrique n'a pas voulu retourner à la cabane. Quand il est arrivé avec le pick-up cette nuit-là, c'était trop tard. Il a hurlé ce qu'il pouvait, il a appelé Gio, parce que Gio devait en être sorti, il était forcément dans les parages, autour, avec les gens, à regarder la cabane flamber, et Henrique lui aurait dit que c'est pas grave, ça se reconstruit une cabane. Et il voulait entendre un chien hurler à la mort ou quelque chose. Alors il avait fait le tour de la foule et il secouait les gens mais tout le monde était hagard et comme absent et il était tombé sur Suzy en sanglots et qui répétait mais pourquoi il est pas sorti, pourquoi il est pas sorti. Et elle s'est tournée vers Henrique et elle a dit que c'est un accident et elle voulait aller dans ses bras mais Henrique l'a repoussée en disant non, non. Et il hurlait à la foule qu'avez-vous fait et il avait l'accent espagnol plus que jamais. Et personne n'a essayé d'éteindre le feu parce que c'était trop tard. Quand le jour s'est levé, le shérif était là avec Henrique et dans les décombres ils ont trouvé les deux corps et Henrique pleurait à genoux sur le sol noirci et le shérif disait faites attention de ne pas vous brûler. Ils ont emmené les cadavres et le shérif a dit que c'était visiblement accidentel et que c'était mieux pour tout le monde que l'enquête n'aille pas chercher ailleurs et qu'Henrique devait comprendre. Et Henrique avait laissé la cabane se consumer jusqu'au bout. Et puis il était allé avec le pick-up pour charger les gravats et les emmener à la déchèterie. Alors il avait trouvé au milieu des décombres quelques pans de murs avec des morceaux de la fresque, il les avait chargés dans la voiture et il était redescendu et il les avait entreposés dans la salle de boxe. Et c'était tout, tout était resté ainsi.

Puis un jour, le couple avait sonné à sa porte, c'était une fin d'après-midi, douce et chaude. Henrique n'avait pas bougé d'abord, parce qu'il savait que Suzy essayait encore de lui rendre visite, est-ce qu'elle voulait un pardon ou quelque chose d'autre, il ne savait pas, il n'ouvrait jamais. Mais là, ça sonnait encore et encore et à la fin il s'était levé, et son genou lui faisait plus mal qu'avant. Il avait mis le temps et à la porte il avait trouvé deux grands enfants pas bien dégrossis mais avec l'air honnête et pas du secteur.

— Pardon monsieur, on nous a dit qu'il fallait insister parce que vous voulez pas voir grand monde, mais je vais vous causer franc une minute et si ça ne vous convient pas vous ferez ce que vous voulez de cette porte.

Henrique avait hoché la tête. Le jeune homme avait montré sa femme, une petite brune un peu ronde et qui avait l'air d'avoir gagné le gros lot en s'accrochant à son bras. Un petit gars avec le visage solide de la campagne, il devait avoir de la descendance dans les champs d'alentour.

— On s'est mariés il y a quinze jours et je vais reprendre des terres par là-haut, ou peut-être trouver une place d'ouvrier pas loin si ma femme préfère, parce qu'elle aura peut-être besoin d'aide avec le môme, parce qu'on va avoir un petit, c'est sûr, on voudrait que ce soit une fille. On a appris que vous aviez du terrain, plus loin, avec une cabane qui serait pas… qui serait pas en état.

Le gars ne savait pas comment aborder la question.

— On s'est dit que, comme c'était plus guère habitable, et que, bon, c'était pas des bons souvenirs, tout ça, on aurait pu vous proposer d'acheter la clairière, et vous débarrasser des soucis. Je ferai la maison moi-même et on y fera pousser une bonne famille, monsieur, vous nous rendriez service.

Henrique avait tiqué.

— C'était une cabane pour ma retraite, pour aller à la chasse. Et y'a eu du malheur là-haut, comment vous comptez faire pour gommer ça ?

— Monsieur, du malheur, c'est partout, tout le temps, tous les jours. Mais nous, on s'aime et on veut y faire une belle famille. Ça peut guérir. Vous viendrez voir les enfants rire, je dis pas que vous oublierez, mais peut-être ça vous fera du bien quand même, sans vouloir m'avancer.

— Pourquoi vous allez pas en ville, ou dans une dépendance de ferme, pas loin ?

— On voudrait notre coin à nous, monsieur, en retrait. Pas pour faire des vilaines choses, ma femme aime la nature, elle voudrait voir des animaux, elle a l'habitude des bêtes, même un peu sauvages.

— Si elle en veut, c'est pas ça qui manque… les bêtes, elles sont juste là.

Et Henrique avait montré du menton la Grande Rue. Le jeune était resté à observer Henrique, un peu. Puis il avait repris de l'espérance.

— Comment ça s'appelle là-haut, où y'a, enfin, ou y'avait la cabane ?

— Comment ça ?

— C'est encore la ville ou ça a son nom ? J'aime bien connaître ça.

Henrique réfléchit, puis il fait une grimace et laisse revenir l'accent.

— Les anciens appelaient ça la Colline aux Loups. Même si on n'avait jamais vu de loups là-haut.

Henrique avait étrangement regardé les deux jeunes.

— Maintenant c'est différent, ils sont revenus.

Et il avait signé le compromis de vente, quelques semaines plus tard.

LA LITTÉRATURE FRANCOPHONE
AU TRIPODE

JACQUES ABEILLE
& LÉO BARTHE

Les Jardins statuaires

Le Veilleur du jour

Les Voyages du fils

Les Barbares

La Barbarie

Les Mers perdues

Chroniques scandaleuses
de Terrèbre

La Grande Danse
de la réconciliation

La Clef des ombres

Les Carnets de
l'explorateur perdu

La Vie de l'explorateur perdu

De la vie d'une chienne

ROBERT ALEXIS

L'Homme qui s'aime

Le Majestic

MARIO ALONSO

Watergang

BERNARD AMY

L'Alpiniste

SERGIO AQUINDO
& PIERRE SENGES

Cendres des hommes
et des bulletins

MATHIEU BELEZI

Attaquer la terre et le soleil

Le Petit roi

THOMAS BOIS

Cobrastar

BOLL

L'Affaire est dans le sac en papier

ANNA BOULANGER

Le Haret québécois

Birds

L'Absence

OLIVIER BRUNEAU

Dirty Sexy Valley

Esther

Pharmakon

STÉPHANE CARLIER

Le Chien de Madame Halberstadt

JOËL CASSÉUS

Crépuscules

Demi-Ciel

PIERRE CENDORS

Archives du vent

Vie posthume d'Edward Markham

Silens Moon

JEAN-PAUL CHABRIER

Ma première journée au FBI

BÉRENGÈRE COURNUT

Née contente à Oraibi

Par-delà nos corps

De pierre et d'os

Élise sur les chemins

Zizi cabane

Vövöl

PATRICK DA SILVA

Au cirque

Les Pas d'Odette

et filii

RÉMI DAVID

Lava

ALEXANDRA DAVID-NEEL

Le Grand Art

SOPHIA DE SÉGUIN

La Séparation

THIERRY DECOTTIGNIES

La Fiction Ouest

Fratrie

La Traversée d'un lac

RÉMY DISDÉRO

L'Homme au sexe usuel

Tandis que les pains dorment

Le Récupérateur

BRIGITTE FONTAINE

Paroles d'Évangile

La Vieille prodige

Vers luisants

Fatrasie

SABINE GARRIGUES

rien n'est su

DAVID GESELSON

Lettres non-écrites

MARC GRACIANO

Johanne

Shamane

MICHEL HAUTEVILLE

L'Enfant des forêts

MICHÉA JACOBI

Walking Class Heroes

HADRIEN KLENT

Et qu'advienne le chaos

La Grande panne

Paresse pour tous

La Vie est à nous

OLVIER MAK-BOUCHARD

Le Dit du Mistral

Le Temps des Grêlons

La Ballade du Feu

VALÉRIE MANTEAU

Calme et tranquille

Le Sillon

RAPHAËL MELTZ

Urbs

Jeu nouveau

24 fois la vérité

JEAN-PIERRE MINAUDIER

Poésie du gérondif

GEORGES PEIGNARD

Magdalene

MARIE REDONNET

Héritières

La Femme au colt 45

Trio pour un monde égaré

EMMANUEL RÉGNIEZ

Notre château

Madame Jules

Une fêlure

Au bord du lit

JACQUES ROUBAUD

Ode à la ligne des autobus parisiens

Tokyo infra-ordinaire

DIMITRI ROUCHON-BORIE

Le Démon de la Colline aux Loups

Ritournelle

Fariboles

Le Chien des étoiles

MARIE-LUCE RUFFIEUX

Les Jurons

D.A.F. DE SADE

Les 120 Journées de Sodome

FRANÇOIS SZABOWSKI

L'Amour est une maladie ordinaire

États d'urgence

MARIE TESTU

Marie-Lou-Le-Monde

ÉTIENNE VERHASSELT

Les Pas perdus

L'Éternité, brève

Après l'éternité

SIGOLÈNE VINSON

Le Caillou

La Palourde

MAROUSSIA VOSSEN

Chris Marker (le livre impossible)

JONATHAN WABLE

Six photos noircies

LOUIS WOLFSON

Ma mère, musicienne...

FABIENNE YVERT

L'Endiguement des renseignements

Papa part, maman ment, mémé meurt

Télescopages

Sampler

Rose & Madeleine

Trois trucs bien

Pourquoi l'horizon ne suit pas la barre tordue du balcon

ALI ZAMIR

Anguille sous roche

Mon étincelle

Dérangé que je suis

Jouissance

HYAM ZAYTOUN

Vigile

NICOLAS ZEISLER

Beauté du geste

ACHEVÉ D'IMPRIMER

C'est le destin, mon garçon,
et tu n'as pas les moyens
de t'en payer un autre.

Imprimé en juillet 2023 par les imprimeries Corlet, en Normandie.
ISBN : 978-2-37055-369-0 | dépôt légal : août 2023
N° d'imprimeur : 23060482